인생은
그럼에도 불구하고

인생은 그럼에도 불구하고

초판 1쇄 인쇄 2024년 10월 23일
초판 1쇄 발행 2024년 11월 08일

신고번호 제313-2010-376호
등록번호 105-91-58839

지은이 한희수

발행처 보민출판사
발행인 김국환
기획 김선희
편집 조예슬
디자인 김민정

ISBN 979-11-6957-244-6   03810

주소 경기도 파주시 해올로 11, 우미린더퍼스트@ 상가 2동 109호
전화 070-8615-7449
사이트 www.bominbook.com

- 가격은 뒤표지에 있으며, 파본은 구입하신 서점에서 교환해드립니다.
- 이 책은 저작권법에 의하여 보호를 받는 저작물이므로 무단 전재와 복사를 금합니다.

한희수 소설집

인생은
그럼에도 불구하고

이 책은 장애를 가진 딸의 성장과정을 섬세하게 그려내며
사랑의 본질과 가족 간의 관계에 대한 신앙적 깊은 통찰을 담고 있다

추천사

거꾸로 계절을 견디는 마음

노은희(문학박사. 수필가)

어울리게 사는 것이 쉽지 않다. 더불어 어울리며 사는 삶도 녹록지 않다. 우리는 활자를 따라 그녀의 눈물을 읽는다. 처음의 인생은 누구에게나 서툴다. 신체의 박자를 아스라히 놓친 그녀는 더욱 깊은 언어를 그려 놓았다. 온전하게 화합하는 가정은 아니었지만, 불쌍히 여기는 마음을 주신 신께 의지한다. 그녀는 천천히 문장을 마음의 결로 빚는다. 계절을 거꾸로 읽기에 눈보라 치고 봄꽃이 흩날린다. 꾸밈없는 민낯의 문장들이 솔직함으로 더욱 반짝인다. 세상을 향해 나지막이 사랑을 읊조린다. 거꾸로 계절을 견디는 마음이 문장에 온기를 더한다. 자전적 이야기가 허구의 세계를 넘나들며 더욱 웅숭깊은 얘기들을 전달해 주길 바란다.

추천사

　소설 속 저자는 과거에는 이해할 수 없었던 엄마의 행동과 말들 그리고 엄마의 차가움 뒤에 감춰진 두려움, 그 모든 것이 딸을 위한 사랑이었음을 알게 된다. 신앙의 힘으로 저자는 마음속에 남아 있던 상처들이 서서히 치유되는 것을 느낀다. 엄마와 딸 사이의 오랜 갈등과 오해가 풀어지는 이 장면은 마치 얼어붙었던 얼음이 녹아내리는 봄과도 같다. 이처럼 작품이 주는 감동은 단순히 슬픔과 아픔만을 담지 않는다. 사랑 속의 고통, 갈등, 외로움뿐만 아니라 서로를 이해하는 과정의 따뜻함까지 담아내고 있다. 이 과정은 우리에게 가족이라는 관계가 얼마나 복잡하면서도 아름다운지, 그리고 그 관계 속에서 서로를 이해하고 용서하는 것이 얼마나 중요한지 일깨워준다.

　어쩌면 이 소설은 우리 자신을 돌아보게 하는 이야기일지도 모른다. 누구나 한 번쯤 부모나 사랑하는 이에게 미처 전하지 못한 마음이 있고, 그 마음을 이해하는 시간이 필요할 것이다. 그 이해의 과정이 얼마나 소중한지, 그리고 결국 사랑이란 서로를 감싸 안는 따뜻함으로 마무리된다는 것을 전한다. 저자가 자신의 엄마를 이해하고 받아들이는 그 순간, 우리는 그들이 마침내 서로의 마음에 닿았음을 느낄 수 있으며, 그 울림은 책을 덮은 후에도 오래도록 남아 우리의 삶과 사랑에 대한 생각을 바꿔놓는다. 마음을 울리는 감동과 잔잔한 위로가 필요한 이들에게 따뜻한 위안이 되어줄 이 작품을 꼭 만나보길 바란다.

김선희(편집위원)

작가의 말

묻어둔 지나온 시간들이 사근사근 내게 말을 걸어왔습니다. 못 이기는 척 한 줄, 두 줄 적어갔던 게 어느덧 두 해도 훌쩍 넘겨서야 겨우 놓아 보내게 됐습니다. 더 붙잡다가는 지금 시간마저 붙잡힐 것 같아서요. 적지 않은 시간들을 가는 세월 따라 흘러 보내면서 부닥친 상황에서 멈춘 상태로 꿈쩍도 않을 것만 같던 지난 제 인생의 희로애락도 또한 슬며시 흘러갑니다. 그저 사람이기에 그랬고, 사람이어서 그랬노라고 슬쩍 찔러주듯 말하고……

가슴에 묻어만 두고 꺼낼 내적 힘도, 그걸 비추는 밝은 빛도 없었으면 저의 글은 세상에 나오지 않았을 겁니다. 무엇보다 제 삶에서 반드시 만나야 되는 그분, 하나님이 계셨기에 가능했다 말하고 싶어요. 그래서 기왕 사는 거 힘 있는 아름다운 삶으로 살아가려 합니다. 인생은 그럼에도 불구하고 살아야 되기에…… 한 권의 책으로 나오기까지 애써주신 보민출판사에 감사드리고 늘 아낌없는 응원과 따뜻한 추천서를 보내주신 노은희 작가님 참 고맙습니다.

그리고 같이 있는 한순간 한순간이 소중한 우리 엄마와 아빠, 많이 사랑하고 감사합니다.

2024년 가을을 맞이하며

한희수 소설집

인생은
그럼에도 불구하고

'우리 엄마 잘 주무시네?'

점심을 드시고 졸린다며 침대에 누운 엄마의 베갯잇에 보드라운 은빛 머리카락이 사르르 흘러내리니 만져보고 싶은 충동이 인다. 오후의 햇살이 비쳐 드는 방이 따스해지는 시간이다. 목 언저리에서 간당간당한 엄마의 머리카락은 참 가늘다. 그리고 일찍부터 흰머리가 생겼었다. 살며시 눈을 감고 잠든 엄마를 보는 내 속의 한 마리 작은 참새가 쉴 새 없이 지저귄다.

'일찍부터 엄마는 부지런히 염색하면서 엄마의 머리카락이 속속들이 하얀 건 내가 힘들게 해 속을 썩여서 그런 거라 했어. 그때 나는 어떻게 해야 하는 게 엄마의 속을 썩이지 않는 건지도 몰랐지만 그렇다고 엄마가 하라는 곧이곧대로 하기도 싫었던 것 같애. 그건 뭔가 '엄마'라는 틀 속에 틀어박혀 영영 헤어나지 못할 것 같은 무서움증이 일었다고 할까? 내가 아는 어떤 사람은 한약을 잘못 먹어서 아직 한참 젊은 30대인데 반백에 흰 머리카락이 제법 성성했었어. 좀 안타까웠어. 길 가다 봤던 또 어떤 사람은 이상하게 하얗게 덮인 머리에서 검정 띠라도 길게 덧댄 것처럼 다시 검은 머리카락이 나와 길게 자라 있더라고. 희한하다 싶으면서도 나는 은근 나로 속을 썩여 하얀 엄마 머리도 그리되면 얼마나 좋을까 바라기도 했지만 한 번도 그런 일은 일어나지 않았지. 내가 초등학교를 졸업하고 중학생밖에 안 되었을 땐데도 엄마의 머리는 속속이 할머니 머리처럼 희어져갔고, 언제 한 번은 엄마가 염색이 다 빠진 하얀 머릴 그대로 보여준 적이 있었어. 눈이 시리기까지 할 정도로 속속이 새하얀 머리카락에 그때 나는 덜컥 겁이 났었어, 정말 내가 말 안 들어서 엄마가 죽는 건가 싶어서……'

엄마의 머리는 잦은 염색으로 인해 더 약해져 가늘어지고 많이 빠졌다. 딸 셋 중에 막내인 나 하나 엄마 욕심껏 뜻대로 따라주고 커주지 않아 힘들어하고 마음고생 많이 한 것도 있지만, 한편으론 아들, 아들 하는 친할머니로 딸만 낳았다고 수치심이 생긴 엄마가 몸이 약하고 불편한 딸을 여보란 듯 잘 키워내서 엄마 스스로에게 보상받으려는 마음도 있지 않았었나 싶기도 했다. 크면서 엄마한테 상처 많이 받았지만 다 지나고 난 지금 생각에 엄마 마음이 이해도 되고 그럴 수 있겠다 싶다, 엄마도 사람이니까. 친할머니 이야기가 나왔으니 말이지만, 가끔 엄마는 강한 이북 사투리 섞인 할머니 말투를 흉내 내며 입을 삐죽이곤 했다.

"야~는 딸만 셋이라우!' 얼마나 듣기 싫었는지 아니?"

집에 어떤 손님이든 올 때마다 친할머니는 부엌이나 방에 있는 엄마를 일부러 불러다가 가리키며 그랬다고 한다. 심지어 짜장면 배달부가 오거나 화장실 수리공이 왔을 때도. 아빠는 형제가 많아 굳이 아들을 꼭 낳지 않아도 되었는데도 할머니는 많은 며느리들 중 유일하게 엄마만 딸만 낳았다고 아니나 다르게 엄마에게 수치심을 심어주곤 했다.

"나 정말 나가기 싫었어. 근데 어떡하니? 네 할머니가 부르는데 나가야지."

퉁명스레 얘기하는 엄마는 얼굴을 찌푸리며 싫은 티를 팍팍 냈다. 엄마의 지나간 시집살이 얘기에 처음엔 재밌어 했지만 나중엔 정말 싫었겠다 싶어 엄마에게 동정이 갔다, 특히 짜장면집 이름이 빨갛게 써 있는 철통 가방 옆에서 잔돈 세고 있는 짜장면 배달부나 화장실 수리공에게서 멀찌감치 체념한 듯 서 있었을 엄마가 그려져서. 우리 할머니가 왜 엄마한테 그랬을까, 딸이란 존재는 왜 그런 취급이나 받아야 할까 싶었다. 어린 마음에 할머니도 여자고 한때는 딸이었을 텐데…… 왜 여자가 같은 여자를 귀한 존재로 추켜세워 주고 감싸주지 못하는 걸까, 딸만 낳은 엄마는 내리 아들만 낳은 엄마처럼 대단하다 봐주면 안 되나 싶었다(벌써 어디선가 큭큭 웃는 소리가 들리는 듯하다). 뭐, 내가 이해를 하든 말든 상관없이 옛날 사람들은 다 그렇다고, 더 했으면 더 했지, 덜하진 않다고……. 물론 안다. 넌덜머리 날 정도로 안다. 당연한 듯 통하는 상식인 것을. 옛날부터 당연했으니 지금도 당연해야 한다는 통념이 싫은 거다. 엄마의 딸만 낳은 수치심은 결혼한 두 딸이 아들을 하나씩 낳으면서 비로소 위로받았다. 그전까진 큰딸이 첫 아이를 딸을 낳아서 엄마는 자기처럼 딸만 낳았다고 구박당하면 어쩌냐며 틈만 나면 걱정했다. 그럴만한 이유가 있다면 엄마 자신이 딸 많은 집에서 컸는데 또 당신이 딸만 낳았기 때문이었다. 그리고 엄마는 어려서부터 자기 엄마가 딸을 낳을 때마다 시어머니로 온갖 구박과 면박, 멸시당하는 걸 보고 자랐다. 일곱 번째로 막내 여동생이 막 태어났을 때도 또 딸이라고 화가 난 시어머니가 무서워 핏덩이 자식이 저만치 차디찬 구석에 내쳐져 있어도 보듬어 안지도 못하고 고개만 푹 떨구고 있었다 한다. 그때 당시 학교를 막 파하고 돌아온 (우리) 엄마가 궁금증에 못 이겨 '뭐 낳았어, 뭐 낳았어?' 하며 방문을 열고 들어섰는데 화가 난 시어머니 앞에서 숨죽이고 있는 자기 엄마와 저만치 구석에 핏덩이 채로 내쳐진 갓 태어난 아기가 있었던 거다. 어렸지만 본능적으로 (우리) 엄마는 '어? 왜, 그래도 내 동생인데…….' 하며 앙앙 울어대는 갓난쟁이 자기 동생을 조심조심 안아다 엄마에게 안겨주니 그제서야 외할머니는 이제 막 낳은 딸(막내 이모)을 품에 안을 수 있었다고. 그때 당시를 떠올리며 '뭐 낳았어, 뭐 낳았어?' 하며 마치 그때로 돌아간 듯 어깨를 들썩여가며 기대에 부푼 아이처럼 말하던 엄마는 얘기하다가 어깨를 축 늘어뜨리며 이제 막 죽을 만큼 힘들게 자식을 낳고도 딸이어서 죄인이 되었던 자기 엄마를 떠올리며 슬프게 얼굴을 실그러뜨렸다. 그리고는 '에휴, 참, 우리 엄마는 뭘 한다고 자식을 그렇게나 많이 낳았을까?' 하며 한숨을 내쉬곤 했다. 엄마의 지나간 이야기들은 몇 번을 들어 익숙해진 만큼 나로 많은 생각을 하게 했다. 정신적으로나 심리적으로 봤을 때 그 후 20년, 30년, 더 많은 세월이 흘러도 어린 시절 보고 들은 것들은 쉽게 각인돼서 지워지지 않는다 한다. 그래서인지 모르겠지만 나로 하여금 후에 들었던 엄마의 어린 시절 이야기는 내게 상처를 안겨줬던 아픈 기억들에 퍼즐 조각이 맞춰져가는 원동력이 됐다. 엄마 자신은 지나간 일이라지만 한참 지난 그 일은, 엄마로 하여금 재연하게 하였다, 역할만 바꾸어서. 엄마의 느닷없는 발길질에 차인 기억의 발단은 어디서부터 왔는지 우중충한 뿌연 안개 속을 헤매다 제 발로 원점을 찾아갔다. 어릴 적 안방에 TV 앞에서 엄마랑 딸 셋이 모여 저녁 드라마를 재밌게 보던 중 돌아보니 언니들이랑 엄마가 붙어있어 나도 붙어 끼고 싶은 마음에 장난스레 웃으면서 방바닥에 엎드린 채로 기어갔는데 그 모습이 엄마는 싫었던 거다. 갑자기 엄마가 표정이 일그러지면서 화난 발길질로 힘껏 나를 걷어차 버렸고 나는 엄마의 발길질에 저만치 나동그라지며 문갑 서랍장에 부딪쳤다. 놀란 언니들이 나를 다독이며 눈이 동그래져 엄마를 쳐다봤다. 슬픈 일이지만 나는 아직도 그때 엄마의 혐오감에 찬 얼굴과 화난 그악한 목소리를 생생히 기억한다.

"어딜 그런 얼굴로 나한테 와!! 병신 같은 년!"

그 일이 있고서 나란 딸은 단지 엄마가 좋아서 엄마에게 다가가는 걸 주저하고, 성장하면서, 성인이 되어서도 사람들 몇몇이 끼리끼리 모인 틈에 자연스레 끼는 걸 어려워했다. 내 속에서 마치 잘 발라놓은 벽지가 확 뜯겨 나간 듯 받았던 그때의 상처가 어느 정도 아물기까지 상당한 시간이 아주 많이 지나야 했다. 여하튼 엄마의 끝날 것 같지 않던 딸 걱정은 쓸데없는 기우라는 듯 둘째 딸이 뜨 윽하니 첫 아이를 아들을 낳고(둘째는 딸), 큰딸이 둘째를 아들을 낳으면서 딸들에 대한 걱정은 일단락됐다. 그렇지만 마치 아들이 딸의 불행을 끊어준 것처럼 보고 싶진 않다. 해묵은 유교사상의 정신적 뿌리를 깨끗이 잘라내고 싶다.

*

자는 엄마의 얼굴을 가만히 본다. 고운 피부는 여전히 깨끗하다, 검버섯 한, 두 개 있던 것 그마저도 예전에 지워서 없다. 엄마를 닮은 덕분에 나는 얼굴에 여드름 한 번 난 적 없는 깨끗한 피부를 갖고 있다. 가만히 뺨을 쓸어 보며 혼자 중얼거린다.
'엄마, 엄마처럼 피부가 좋아서 난 참 좋아. 사람들이 부러워해. 내가 좀 더 건강했으면 혈색이 더 좋았을까?'
엄마 닮아 좋은 피부 행여 망가질까 생각날 때마다 엄마는 내게 말하곤 했다, 돈 아끼지 말고 로션 좋은 거 쓰라고. 엄마 말마따나 좋은 로션을 써도 유분기가 많은 게 싫어서 건조한 얼굴에 한 번 바르고서 조금 후에 한 번 더 덧바르는 식으로 하는 편이었다. 그러다가 최근에 내 피부에 잘 맞는 로션을 발견해 보들보들하게 잘 유지하고 있다. 또 좋은 로션이 나와서 나한테 잘 맞으면 주저 없이 바꿔 쓸 생각이다. 예전에 가끔 어쩌다 내 얼굴을 살짝 만졌던 사람들은 감탄하기도 했다.

"어머, 어쩜! 피부가 장난 아니다. 애기 피부 같애. 부럽다~"

1943년 서울 출생인 엄마는 중간 터울이다. 딸 다섯에 아들 셋 있는 집의 네 번째, 딸로만 치면 셋째다. 그 많은 형제자매 가운데서 엄마 혼자 유난히 얼굴이 새하얘서 햇빛을 받으면 얼굴에서 분가루가 나는 것 같았다나 어쨌다나, 그 정도로 희었다는 얘기다. 혼자서 하얀 얼굴을 한 탓에 어릴 때부터 주위에서 네 엄마 따로 있다며 놀려먹었다고 한다.

"저기 다리 밑에 가봐, 너 닮은 엄마 거기 있을 거야~"

한 번은 엄마가 견디다 못해 엉엉 울면서

"다 필요 없어! 나 진짜 우리 엄마 찾아갈 거야!"

대문을 박차고 뛰어나갔다는데 엄마는 그때 진짜 있지도 않은 자기 닮은 엄마 찾아가려 했었다며 그 얘기를 하는 엄마는 눈을 동그랗게 하고 힘주어 말하곤 했다. 문제는 그게 엄마 얘기로만 끝나지 않고 은연중에 엄마는 우리 딸 셋 중 자매간에 별로 닮지 않은 둘째 딸에게 너는 다리 밑에서 주워왔다며 투사했다는 데 있었다. 그리고 막내인 나에게도. 어릴 적 나를 예뻐해 주는 아줌마가 계셨는데 그분은 우리 엄마를 불러도 내 이름을 붙여 부르고, 전화 올 때도 그랬다. 보통은 첫 아이 이름을 붙여 '아무개 엄마~, 아무개 엄마 있어요?' 하기 마련인데. 그러니 엄마는 툭하면 나한테

"너 가서 그 아줌마 딸 해라, 너 이뻐하잖아~ 가서 엄마~ 부르며 딸 해~"

하곤 했다. 그 역시 한참 나중에 들은 얘기로, 엄마 어릴 적에 아이 없는 부부가 있었는데 그 아저씨가 하얀 얼굴을 한 엄마를 볼 때마다 예쁘다며

"너 내 딸 하자, 아저씨 딸 하자."

그랬단다. 그럴 때마다 엄마는

"싫다, 우리 엄마 아버지 있는데 내가 왜 아저씨 딸 해?"

라면서 팽~ 돌아서곤 했다고.

"아니, 엄마도 그렇게 싫었으면서 왜, 왜, 나한테 왜 해?"

한때 항의하며 이렇게 물었던 적이 있었는데, 그때 엄마가 뭐라 그랬는지 잘 생각나지 않지만 그 중 익숙하게 떠오르는 건,

"뭐 어떠냐? 너 엄마랑 맨날 싸우잖아, 그 아줌마는 널 이뻐만 해주니 얼마나 좋니?"

하며 한술 더 뜨는 엄마를 멍하게 쳐다만 봤을 뿐, 그럴 때마다 복잡하게 치미는 속을 어찌지 못했다.

 따뜻하고 편안한 공기가 흐르는 실버타운의 엄마 방에 해가 들어 새 한 마리가 날아가면서 창문에 드리운 제 날개 그림자를 마저 거둬간다. 졸음이 쏟아진다며 설핏 잠든 엄마는 내가 이리저리 움직이자 슬쩍 눈을 떴다 감았다. 뭐라 말이라도 하면 잠을 완전히 깨우는 것 같아서 그냥 크크 웃고 만다. 시간이 갈수록 아쉽고 안타까운 마음이 더 진해지는 이유는 엄마가 치매가 오면서 오히려 엄마랑 예전보다 더 재미있게 지내게 된 점이다. 엄마한테 마음 놓고 편안하게 다가갈 수 있고, 장난도 치고, 놀려먹기도 하고, 무엇보다 아무 이유 없이 그저 엄마가 좋아서 엄마를 안고 싶을 때 마음 놓고 안을 수 있는 걸 이제야 한다. 어린 내가 마음껏 파고들지 못했던 품을 세월이 흘러 나는 중년의 나이가 되고, 엄마에게 치매가 찾아오고서야 원 없이 엄마를 안고 안긴다. 작아진 엄마는 두 팔 벌려 끌어안으면 쏙 들어왔다. 50대를 지나면서 전형적인 통실통실한 살을 자랑하는 아줌마 몸이 됐던 엄마는 매번 찍힌 사진을 볼 때마다 살찐 얼굴을 고민스러워하고, 더운 한 여름날 찬물 샤워하러 들어가기 전 팬티와 브라만 한 채로 큰 젖가슴과 층층이 접힌 자기 뱃살을 가리키며

 "이거 봐, 세상에! 몇 층이야? 하나, 둘, 셋……."

 윗배에 눌려 생긴 아랫배의 작은 살까지 넷이라며 머리를 절레

절레 흔들었다. 그런 엄마가 홀쪽하니 살이 빠져 무게도 안 나가 어쩌다 카페에서 내가 무슨 얘기하다 유리창 밖에 좀 보고 싶어 하는 엄마 얘기에 앉은 채로 의자를 잡아끌면 그대로 끌려온다. 언제 우리 엄마가 이렇게 작아졌나 싶게 시간은 속절없이 빠르게 흘렀다. '내가' 뭔가를 해야 되고, 어디까지 도달하고, 어디까지 무엇을 끌어다 놔야겠다는 의지가 하나도 남아있지 않은 엄마는 한동안 그것에 묶여있다고 느끼며 시달렸던 내가 오히려 겁나고 당황했을 정도로 어느 날 모든 걸 다 그냥 '툭' 놔버렸다, 비취마냥 반짝이는 자존심 하나 그것만 꼬옥 쥐고. 엄마의 눈을 가만히 본다. 자글자글 주름진 엄마의 덮인 눈꺼풀은 참 얇아 보인다, 잘못하면 찢어질 것 같은 얇은 만두피마냥. 치매를 앓는 엄마의 두 눈은 어린아이처럼 아무 욕심 없어 보이고, 아무것도 상황파악이 안 되는, 그냥 '지금 여기'에 머무는 그 자체일 뿐이다. 엄마에겐 딸들보다 남편인 아빠가 있어야 하고 아빠가 보여야 안심이다. 지난 어버이날 저녁 예약을 한 식당으로 아빠가 밖에서 일이 늦어져 바로 가신다 해서 큰딸이 엄마를 모시고 가려 해도 막무가내로 안 가고 버텼던 일이 있었다. 아빠가 식당으로 바로 오실 거라고 아무리 설득해도 듣지 않아 결국 예약을 취소하고 어버이날의 맛있는 저녁식사와 케잌은 물 건너갔다. 아빠가 집을 나서기 전에 이러이러한 일이 있어서 나가고 집에 들어온다 했으면 반드시 그거 그대로 되어야 하는 거였다, 엄마 머릿속에서는. 그것에서 조금이라도 벗어나는 걸 못 견뎌 했다. 지혜롭게 살림살이를 하고, 맛깔난 음식으로 밥상을 차리고, 잘 키운 두 딸 결혼시키고, 약한 막내딸을 어떻게 하면 조금이라도 더 번듯하게 키울까 끊임없이 고심하며 희생하던 엄마였다. 어느 순간 힘들어 주저앉으면 어떻게 하나 걱정하던 힘든 삶에서 놓여난 엄마는 남편이 있고, 딸 셋이 있고, 다 큰 손주들이 넷(지금도 이름 대면 다 안다)인 거, 이거 아는 정도로만 안심하는 것 같다. 아무 욕심 없는 엄마의 눈을 보고 있으면 내게는 익숙한, 지난날의 엄마가, 가끔 장난스럽게 왠지 다 알면서도 모르는 척 시침 뚝 떼는 얼굴이 떠올라 안타까우면서 괜히 피식 웃음이 나온다. 할 수만 있다면 내가 편안하게 느끼는 지금 엄마 그대로 내 어린 시절로 돌아가고 싶을 뿐, 아쉬움만 더해져 그저 그냥 이대로 조금 더, 더 있고 싶은 마음밖에 없다.

엄마는 내가 어려서부터 나 그대로 보기를 거부했다. 엄마가 바라는 어떤 모습으로 향해 가는 '현재진행형인 나'로 보길 원했다(그리고 늘 말했다, 이것이 나를 위한 것이라고). 엄마는 자신이 나를 거부하면 할수록 당신의 원대로 바뀌어질 거라 생각하고 또 바랐다. 나는 한때 내 딴엔 얼마간은 하라는 대로 했던 것 같다. 그러나 그 다음에는 또 뭐가, 그 다음은, 또 그 다음…… 어디까지 도달할지 모르는, 나를 바꿔놓고 말겠다는 엄마의 의지는 나로 그 속에 갇혀 질식할 것 같게 했고, 뭔지 이유를 알 수 없는, 심리적 눌림을 한동안 느꼈던 것 같다. 그리고 그렇게 할수록 엄마는 의지가 더 강해져갔고 나는 그냥 단순히 엄마의 딸로, 나 그대로 있지 못하고, 한 번도 진정 '내가 나여서' 자유롭고 행복하다고 느낀 적이 없었다. 몸에 별로 기운이 없는 나는 특히 어렸을 때 나도 모르게 목을 빼기도 했는데 그걸 흉측하게 흉내 내며 따라 하다 어느 날인가 내 생일사진에 되려 엄마의 그런 모습이, 길게 늘어뜨린 자라목마냥 주름진 목주름이 그대로 찍혔고, 엄마가 그럴수록 나 자신에 대해 자신감을 잃어갔고 나 역시 흐느적거리는 내 움직임이 그대로 영상에 찍히기라도 하면 보기 힘들어했다. 그런 나와 상관없이 엄마의 '나 따라 하기'는 내가 성장하는 내내 불쑥불쑥 튀어나오며 따라다녔다.

"얘, 네가 이래! 잘 봐아~! 이쁘니, 응? 이뻐? 너도 나중에 너 같은 딸 낳아서 너처럼 굴면 참 좋겠다, 응?"

엄마는 엄마가 나를 조롱하며 흉측하게 따라 하면 할수록 스스로 정이 확 떨어져 다신 안 그럴 거라 생각해서 한 거였다. 나는 그냥, '어? 저게 나야? 저게 나라고? 음, 그렇구나. 그래서 뭐?' 하고 받아들이기까지, 그리고 그 모습 그대로 존재하고 사랑받았어야 마땅했고, 앞으로도 그래야 마땅하다는 진실을 온몸으로 만나기 전까지 내 앞의 시간들은 너무나 느리게, 더디게만 흘러갔다. 그리고 또 그 시간이 흘러가는 동안 이리저리 휘둘러지기만 할 뿐 나 스스로가 내면의 힘을 갖지 못했다. 아니, 그런 게 있는지도 몰랐다. 그저 내가 모르는 어떤 것을 갖고 있는 주변인들이 부러울 뿐이었다.

*

　실버타운에서의 시간은 조용히 물 흐르듯 지나가는 것 같다. 낮잠을 자는 중 가만히 다문 엄마의 입은 곤하게 잠에 빠져들면 반쯤 열린다. 그러다 코 고는 소리를 내다 자기가 내는 소리에 놀라 눈을 뜨면서 입을 다물고 다시 잠을 청한다. 그럴 때 엄마는 흘깃 나를 한 번 쳐다보는 걸 잊지 않는다. 히죽 웃는 나를 보고는 슬며시 웃으며 눈을 다시 감는다. 가끔은 멀뚱히 슥 쳐다보기도 한다. 그런 엄마를 보니 마음이 부드러워진다. 손에 들린 잔을 들어 입으로 가져가니 목을 타고 넘어가는 따뜻한 커피가 감미롭다. 가만히 고개를 숙이니 까만 대리석 같은 커피에 어른어른 내 얼굴이 비친다.

　"뭘 쳐다봐! 난 네가 나 보는 거 싫어! 문 닫아!!"
　방문을 열면 마루가 바로 보이는 위치에 있는 내 방에서 답답해서 방문 좀 열어놓고 싶어 열어놓은 걸 가지고 굳이 닫으라는 엄마와 맞서는 일이 한, 두 번이 아니었다. 방문을 연 채로 엄마를 바로 쳐다보는 게 아닌데도 그랬다. 전에는 간혹 있었던 일들이 두 언니들이 결혼하고 혼자 남게 되면서 시간이 흐르고 흐르면서 더 두드러지는 윤곽은 나를 무겁게 짓눌렀다. 닫으라는데도 말 안 듣는 내게 엄마는 입에서 불이라도 나와 집을 다 태울 듯 화를 냈다.

"너 엄마 감시하니? 문 닫아! 난 네 꼴 보기 싫어! 안 닫아?!!"

감정의 소용돌이가 한참 회오리바람을 일으킨다, 거세게. 쥐고 있는 TV 리모컨을 집어던져 가며 갖은 욕을 하며 화를 내는 엄마를 그저 쳐다만 본다. 엄마는 화가 있는 대로 뻗쳐 마룻바닥이 꺼져라 발을 쿵쿵 내리찍어 대며 딸의 코앞까지 바투 와서는 확 한 대 치기라도 할 듯 손을 휘둘렀다.

"확 그냥 한 대 갈겨 버렷!"

뒤로 한 발짝 물러난 내 얼굴을 향해, 한 번 더 휘두르고는 집 안이 다 울리도록 방문을 쾅 닫는다. 엄마의 그런 모습에 주눅 들지 않고 담담하게 맞서기까지는 내 내면의, 그저 나약하기만 한 어린 나 자신과 맞서는 힘겨운 치유의 시간을 겪어야 했다. 그리고 그 후에도 당연한 듯 여전한 엄마와 마주했다. 엄마는 언젠가부터 그냥 내가 당신을 보는 것조차 거부하고, 기분에 따라서 소파에 같이 앉아 TV를 보는 것조차 거부했다. 용건 없이는 같이 앉아있을 이유가 없는 것처럼. 아마도 어느 순간부터 더 이상 자신이 못 바꾼다는 걸, 아니 바뀌지 않을 거란 걸 인정해야 했을 때, 그러고도 눈앞의 내가 변함없이 당신이 원하는 좀 더 온전한 모습이 아닌 채로 자신의 딸로 봐야 했을 때, 그걸 거부하지 못하는 현실에 화가 났던 걸까? 엄마의 그런 모습은 은연중에 몇 번이나 비쳤다. 그로 인해 나는 계속 엄마한테 상처받았다.

"아니, 어떻게 그럴 수가 있어! 내가 엄마 딸 아냐? 어떻게 남한테 사위는 소개하면서 자기 딸은 쏙 빼놔?!! 저쪽 집 애가 누구냐고 물어봐야지만 말해? 엄마 어떻게, 어떻게 나한테 그래? 어?!!"

미국에서 온 지인의 가족과 호텔에서 만나 저녁을 함께하고 돌아오는 차 안에서 부글거리는 화와 엄마에 대한 실망과 슬픔에 곤죽이 된 나는 집에 들어서자마자 폭발하듯 화를 냈던 적이 있었다. 화사하게 웃으며 그 자리에 함께 있던 가족을 하나, 하나 소개하던 엄마는 아빠, 둘째언니와 형부까지 소개하고서 끝났다. 상대편 가족 중 한 딸이 잠시 기다리다 내가 소개되어지지 않으니까 바로 옆의 나를 가리키며 이분은 누구시냐고 묻고서야 엄마는 뻘쭘하니 서 있는 내 소개를 했다. 나는 그때 당시 그 딸과 눈을 마주치며 속에서 끓어오르는 복잡한 감정을 감추느라 애를 먹었다. 그 밤에 엄마는 아무 말이 없었다. 자리에 같이 계시던 아빠도 그냥 침묵하셨다. 평소에 내비치던 엄마의 속을 그런 자리에서까지 봤다는 게 치가 떨리게 화가 나고 싫었다. 그 순간만큼은 엄마가 내 엄마인 게 너무 싫었다. 마주쳤던 상대편 딸의 눈이 떠오르면서 저희 가족과 숙소로 돌아가면서 무슨 생각을 어떻게 했을지 그것까지 생각하지 않으려 눈을 질끈 감으며 무거운 숨을 몰아 내쉬며 분을 삭였다. 그전에도 그 후에도 엄마는 그런 속내를 간간이 잊을 만하면

드러냈다. 교회에서 같이 있던 분과 우연히 마주치기라도 하면 아는 척도 않고 가만있었다. 그런 엄마를 보며 나는 예의상 교회 분한테 고개 숙여 인사했다.

"따님이세요?"

묻는 교회 분한테 엄마는 그렇다고 말은 않고 눈으로만 말했다. 내가 못 들어서라고? 천만에. 나는 발을 헛디뎌 넘어지기라도 하면 코가 닿을 가까이에 있었다. 어쩌다 또 다른 분과 예배당에서 마주쳐도 엄마는 가만히 있었다. 엄마를 쳐다보는 나를 보던 교회 분이 딸 같다고 느꼈는지 엄마한테 물었다.

"딸이에요?"

엄마는 이때도 눈으로만 답했다. 잘못하면 내 딸이라고, 그렇다고 말한 게 상대로 가벼이 볼까봐 무언으로 무게를 실었던 걸까? 무언의 응답은 상대로 많은 생각을 하게 한다. 그렇다. 몸이 성한 것도, 공부를 월등히 잘해서 내노라는 대학을 간 것도, 그렇다고 남들보다 특출나게 잘하는 뭔가가 있는 것도, 엄마의 기쁨이 돼서 자존심을 세워줄 만한 게 있는 것도, 아무것도 아닌 딸이었다, 나는. 자랑할 만한 딸은 못 되어도 최소한 내가 당신의 딸인 걸 드러내지 못할 정도는 아니길 바랐다. 그저 나 혼자만의 바람이었다, 외로운 바람.

"어, 어, 엄마! 엄마얗!!"

흰 옷자락을 휘날리며 어디론가 가는 엄마를 좇다가 꿈에서 깨어 헝헝거리며 울었던 어린 시절, 나를 보고도 엄마가 뒤도 안 돌아보고 갔다며 울면서 깬 어느 날 아침, 엄마는 급하게 딸의 방으로 와 우는 나를 달래며 진정시켰다. 그리고 안방에서는 아침부터 아빠의 큰소리가 났다, 툭하면 엄마 도망 가버린다고 입버릇처럼 말하던 게 정서불안으로 꿈까지 꾸게 했다고. 그렇지만 조심할 것 같던 엄마는 그걸로 끝나지 않았다. 엄마는 내가 성장하고 성인이 되고서도 계속했다. 그리고 나는 그러는 엄마를 계속 이해하지 못했다. 왜냐하면 나한테 엄마는 '그냥 내 엄마'였다, 다른 설명이 필요 없는. 엄마에게 치매가 찾아오기 전까지 엄마가 할 수 있는 의지를 동원해 했던 마지막은 내게서 자신의 존재를 지우려는 것이었다. 그리고 그것도 늘상 그랬듯 '나를 위해서'라는 거였다.

"나 네 엄마 안 해! 너 어디 가거든 네 엄마 없다 해! 뭐 하러 내가 네 엄마 하니? 허구헌 날 이렇게 싸우는데? 처음부터 엄마 없다 생각하고 살아. 그럼 되잖아! 사람들이 네 엄마 어딨냐 묻거든 엄마 죽었다 해. 원래부터 없었다 하고."

철저하다 싶을 정도로 어려서부터 줄곧 그러는 엄마로 한때 잠깐은 유전자 검사를 떠올렸을 정도였다. 나에게 들인 노력의 결실이란 게 겨우 이 정도라서, 엄마의 기대치에 차지 못한 게 엄마로 나를 볼 때마다 분노가 일게 했나 싶었다. 생사의 기로에 설 정도로 약하게 태어나서 신생아 때부터 몸이 다 약했던 걸, 혹시 할 수만 있다면 나를 낳던 그때로 돌아가 모든 걸 바꿔놓고 싶은 거였나? 그래서 나란 딸의 존재를 아예 싹 지워버리고 없던 걸로 하고 싶은 거였나? 그렇지만 어디까지나 인간의 영역에는 한계가 있기 마련이다. 하나님은 이미 저 먼 에덴에서부터 썩은 욕심을 품은 타락한 인간에게 한계의 영역을 분명히 정해 주었다. 인간이 망각했을 뿐. 엄마 스스로가 자신의 딸에게서 부재하고 싶은 것을 떠나 아예 내 속에서부터 자신의 존재마저 깨끗이 지우려 드는 엄마로 나는 철저히 외로워야 했다. 슬프면서 화가 나는 감정을 어떻게 해야 좋을지 몰랐지만 한편으론 그러면서도 나 역시 엄마만큼이나 철저하게 내게 '엄마는 내 엄마'였다. 엄마가 엄마인 까닭에 나는 내가 진실이라고 믿었던 것이 사실 그게 아니었다며 내게서 등 돌리는 걸 받아들이지 못하고 이리저리 밀어내고 있었다.

'엄마는 당신이 너란 딸을 자신이 낳은 걸 인정하기 싫은 거야.'

당시 외국에 있었던 큰언니로부터 받은 메일에는 그동안 긴가민가, 설마 했던, 그러나 진실이라고 받아들일 수밖에 없는 한 문장이 쓰여 있었다. 이해하기 힘든 이유로 나는 내게 불쑥불쑥 화를 내는 엄마에 대해 원통하고 분한 마음을 속사포처럼 쏟아냈다.

'도대체 엄마는 나한테 왜 그러는 거야? 왜 내가 몸이 성하지 못한 걸로 엄마한테 상처를 받아야 하지? 내가 원해서 이렇게 됐어? 그래도 엄마는 엄마 아냐? 내 엄마 아니냐고? 왜 그러지? 왜? 왜? 왜?……'

연이은 물음에 단정한 듯 매정한 한 문장의 명료해진 진실과 마주해야 했을 때, 설마 아닐 거라고 자꾸만 밀어내던 혼자만의 싸움이 헛수고였음을, 아무짝에도 쓸모없는 것이었음을 받아들여야 했다, 묵묵히. 내 속에는 뭔지 알 수 없는 무거운 바윗덩어리가 소리도 없이 내려앉았고 눈에서는 눈물도 나오지 않았다, 한참이 지난 어느 날 내 목구멍에서부터 그 문장이 울부짖으며 토해지기 전까지는.

지인의 소개로 처음 갔던 한 미션 단체에서 상처로 얼룩진 내면의 치유와 회복을 경험한 후에도 그것으로 그치지 않고 진정한 영혼의 자유를 향해 비상하기를, 내 속의 꿈틀거리는 그 무엇인가는 원했다. 그리고 그래야 할 필요를 내가 깨닫길 바랐다, 여전히 오물 구덩이에서 헤어 나오지 못하고 있었기에. 그 단체에서 진행하는 과정 중에 미술학교가 있어 다니던 직장을 정리하고 부짐부짐 짐을 쌌다. 그림을 그리러 다시 찾은 곳에서 서서히 일어나는 치유와 회복은 실로 놀라웠고, 치유가 일어나는 내면과 함께 그려지는 그림에도 서서히 반영되어 예전의 눌리고 병에 찌든, 아픈 그림이 아니었으며 과정이 진행되면 될수록 나 스스로가 숨은 보물 찾듯 찾아가는 자유는 끝나지 않는 여정이 되었다. 그 여정을 걷는 것 자체가 참 자유롭고 행복하다고 느끼기 전, 그림 작업은 안중에도 없는 듯 제쳐놓고 내적 치유에 집중하는 어느 한 강사의 시간에 '나' 그대로 존재하지 못했던 눌린 아픔을, 내 속에서 나와 함께 자라지 못하고 그 시절에 머물러 있는 상처받은 어린 나를 만나 그 아픈 것을 아프다고 왜 말 못하고 있었느냐고 울부짖어야 했다.

"나를! 나란 딸을! 낳았다는 게! 나란 딸의 엄마인 걸 인정하기 싫……."

분노와 슬픔이 뒤엉킨 채 숨을 몰아쉬며 겨우 내뱉은 말끝을 흐린 채 눈물 콧물로 범벅이 된 얼굴을 자꾸만 훔치며 허울만 어른이 되어버린 내면의 어린 나는 헝헝거리며 울고 또 울었다. 속에서 쌓이고 쌓여 묵힌 상처는 곪아 터진 아픔을 여실히 드러냈다. 아픈 눈물로 흘러내리는 상처는 너덜해진 살갗이 떨어지고 속속들이 끼어있던 불순물을 뱉어낸 아린 속살을 벌겋게 내보였다, 어릴 때 자꾸만 넘어져 무릎에 앉은 단단한 딱지가 뜨거운 목욕물에 흐늘거리며 떨어져 나간 자리의 진분홍 살점, 그것처럼. 아프면서 아프다고 못하고 속울음만 삼키던 어린 나를 다독이는 힘겨운 시간이 천천히 지나면서 어느새 내면의 어린 새는 큰 날개를 가진 새가 되어 한껏 접은 날개를 힘차게 펴고 끝도 없이 이어진 틀을 찢고 부수고 가로막힌 담을 허물어뜨리고 지경을 넓히며 계속 난다. 연이어지는 숲을 지나 마침내 뻥 뚫린 푸른 창공을 보기까지 자기 속사람과 실랑이를 한다.

'이, 이, 이거 이렇게 막 가도 되나? 그래도 되나? 나 때문에 막 부서지고 난리가 나~! 어떡해? 나…… 막 날아도 되는 거야? 원래 세상이 이렇게…… 첩첩산중인가? 아, 겁나. 나 어떡해? 숨이 막힐 것만 같애! 도로 내려갈까? 어떻게 해야 돼, 나!! 어, 저 앞에 하늘이 보이네? 근데 하늘이 너무 높아. 나, 계속 날아? 날개를 펴고 있으니 계속 날아는 가는데 그렇지만, 그래도…… 어, 어떡하지? 어? 하늘이 아까보다 더 가까워지네? 나 점점 위로 나는 거야? 어? 나, 하늘을 나는 거야? 하늘을 난다, 내가! 하늘을 날아!!'

한바탕 쏟아부을 기세로 비대하게 몸집을 키운 먹구름이 몰려온다. 무거워진 하늘로 세상이 다 묻힐 것만 같은 저녁이 찾아온 날이다. 며칠 미루던 방 걸레질을 치다가 컴컴해진 유리창을 올려다본다. 창문을 여니 제법 바람이 세차게 분다. 환기도 할 겸 조금 열어둔다. 걸레질을 다 하고서 빨래고 화장실로 들어서려는 순간 요란한 소리가 귀청을 때린다. '우르릉 쾅쾅!' 힘 겨루는 먹구름으로 소란해지더니 번개까지 하늘을 찌를 듯 번쩍인다. '콰콰쾅! 쾅! 우르르릉~ 쾅!' 세차게 쏟아지는 빗줄기로 앞의 건물이 다 흐려진다. 화장실에 걸레를 던져둔 채 침대에 걸터앉아 창틀을 치고 들어오는 거센 빗줄기를 본다. '차라리 이렇게 요란하게 굴기라도 하면 좀 낫지, 비도 안 오고 우중충~ 하기만 하면 뭐, 어휴.' 하늘이 무거운 날이면 떠오르는 그 날들. 엄마와 단둘이면 옥죄어 오는 두려움에서 헤어나는 길은 그냥 피하는 도리밖에 없었던 것. 그렇게라도 숨통이 트이기까지 전엔 왜 그렇게 할 생각을 못했었는지 나란 인간에 대해 답답하기도 했다. 친구 분들과 저녁을 하고 오신다는 아빠의 전화를 받고서 저녁을 대충 차려 둘이 나란히 앉는다. 엄마 손엔 소주 한 병이 들려 크리스탈 주스 잔에 콸콸콸 부어진다. 그 소주가 부어지는 걸 보면서 목을 타고 마른 침이 간신히 넘어간다. 전기세를 아낀답시고 불이란 불은 다 끄고 컴컴한 집 안에 식탁 등만 켜고 어둠이 내려앉은 마루 너머 창을 응시한다. 바로 옆에 앉은 엄마를 저 너머 마루 창에 비춰서까지 보자니 마음이 심란해져서 시선을 돌린다. 부지런히 수저질을 하며 속내를 후벼대는 불안감을 없애려 했지만 잘 되지 않았다.

"그래, 넌 어떻게 생각하니?"

지금에야 그때 무슨 대화를 나누다 그렇게 됐는지는 생각나지 않는다. 그렇지만 몇 마디 주고받은 이야기 끝에 엄마는 자기와 생각이 다른 딸의 생각을 틀렸다고 가르치려다 잘 되지 않자 열 뻗친다는 듯 손에 쥐고 있던 크리스탈 잔을 상에다 탕탕거리며 몇 번이고 쳐댔고, 그 바람에 식탁 위는 흘러넘친 소주로 흥건해졌다. 엄마는 자신의 의지가 남아있는 한 어떻게든 나를 고친답시고 자기가 생각하는, 이게 맞다고 하는 틀을 내게 덧씌우려 했다, 그걸 포기하지 않는 게 나를 위한 거라면서. 뭔가 일이 일어날 것 같은 엄마의 착 가라앉은 어조로 시작된 대화는 갑자기 뭔지 모를 비위 상한 것을 삼키다 속이 틀어지고 오그라질 것 같은 이상증상을 불러왔다. 한, 두 번이 아닌 일을 천천히 숨을 내쉬며 차분히 내 생각을 전하면서 맞고 틀린 게 아니라 다른 거라고 말했다.

"엄마 얘기는 그런 거고 내 얘기는……."

엄마의 손에 들려있던 크리스탈 잔이 눈앞에서 공중으로 날아가 육중한 소릴 내며 팍! 박살이 났다. 마룻바닥에는 반쪽 난 크리스탈 잔과 깨진 유리 파편들이 여기저기 널려졌다. 순간 나는 더 이상 아무 말 않고 자리에서 일어나 방으로 들어가 버렸다, 방문을 탁 닫고.

내면의 절실한 필요를 채우던 그때로부터 시간이 많이 흐르면서 나는 미술학교에서의 내적 치유 과정을 통해 알게 된 진실('나' 그 존재 자체로 충분하다는)을 계속해서 내 삶에 적용해갔다. 그리고 그런 나를 진실은 외면하지 않고 밝히 이끌어주며 무엇이 거짓이고 참인지 분별해서 보게 해줬다. 엄마 자신의 감정에 못 이겨 나한테 전가하는, 그러는 게 마땅하다고 하는 걸 더 이상 용인하지 않기로 한 나는 엄마를, 아니 엄마의 감정을 처음 거부했던 그 날을, 딸에게 처음 거부당한 순간의 엄마 얼굴을 떠올린다. 그 날도 무슨 얘기를 나누다 일방적인 엄마의 말을 거부한 내 뒤를 엄마가 따라오면서 숨을 거칠게 몰아쉬며 한 판 붙으려 했다. 그런 엄마를 나는 방문 앞에서 정면으로 밀어냈다.

"난 아냐!"

큰소리로 강하게 말하며 문을 닫았다. 소용돌이치는 자기감정을 먹구름처럼 몰고 온 엄마는 방문 앞에서 딸에게서 밀쳐지며 생각지 못한 거절에 휘청거렸다. 방문을 닫으면서 마주했던 엄마의 눈은 한껏 몰고 온 감정을 어떻게 추슬러야 할지 몰라 했다. '제가, 제가, 나를…….' 이렇게 말하는 듯했던 그 날의 엄마 얼굴을 기억하는 나는, 이렇게까지 해야 하나, 엄마가 불쌍하다는 생각과 '참 나쁜 딸이다, 나는…….' 속엣말을 하면서도 더 이상 감정 몰이로 가는 싸움을 끊기 위해서라도 해야 한다며 마음을 다지게 먹었었다. 그 일이 있고서 나한테 감정을 풀어대는 엄마를 혼자 남겨두는 것에 연연해하지 않게 되었다. 언제 치웠는지 박살 난 크리스탈 잔은 깨진 것들끼리 모아져 부엌 뒤 개수대에 놓여 있었고, 집 안에 창문이란 창문은 활짝활짝 다 열린 아파트 8층 집에 찬바람이 시원하게 들이치고 있었다. 그리고 밥상과 싱크대는 밥도 먹지 않은 것처럼 깨끗이 치워져 있었다. 순간 혹시나 하는 마음에 덜컥 겁이 나 동그래진 내 눈은 엄마를 찾았다. 마루와 엄마 방, 부엌 등을 재빨리 훑어보고 아빠 방을 보려는 순간 아빠 방 창문에 비친, 한껏 찬바람을 쐬고서 밖의 베란다 창을 닫고 마루로 들어서는 엄마를 본다. 안도의 한숨을 내쉬며 얼른 내 방으로 들어갔다. 잠시 후 저녁 모임을 끝낸 아빠가 들어오시면서 엄마는 전처럼 언제 그랬느냐는 듯 소파에 앉아 옷 갈아입으러 방에 들어간 아빠를 기다리며 불빛이 환한 마루에서 TV를 본다. 그리고 태연하게 나에게 아빠 옷 걸어드리라고 눈짓을 보낸다. 이윽고 엄마는 방에서 나온 아빠와 웃으며 오순도순 이야기를 나눈다. 나한테만 해대는 엄마의 그런 횡포는 날이 갈수록 더해갔다, 나 혼자 남게 되면서. 다른 건

다 그러려니 하고 넘어가지만 우중충한 날이면 찾아오던 옥죄어 오는 불안감은 나로 미치게 했다. 첫 미션스쿨 내적 치유 과정이 있기 전의 나는 분별력도 없어 엄마의 말대로 엄마가 힘들게 된 건 다 나 때문이었다. 그래서 우중충한 날의 소주를 콸콸 들이붓고 이어지는 엄마의 횡포도 내가 잘못해서, 내가 못나서 나 때문에 일어난 일이라 생각하며 엄마 옆에 앉아 맛도 못 느끼는 밥을 꾸역꾸역 목구멍에 욱여넣고, 성질부리는 엄마의 화난 한마디,

"꼴도 보기 싫으니 네 방에나 들어가!"

하면 겨우 헤어나 방에 들어가서 울거나 회식 간 아빠나 간밤에 데이트하러 나왔다 깜짝 쇼하듯 놀러 오는 두 언니, 형부들 중 누구라도 좋으니 오기만 했으면…… 하며 구세주를 기다리곤 했다. 나는 나 자신도 못 지키고 나를 구해줄 누군가를 바라기만 할 정도로 정말 형편없었다.

*

2022년의 4월 날씨는 예년과 다르게 우중충하고 바람 불고 비가 오락가락 변덕스런 날이 많았다. 그리고 그즈음 나날이 심각해지는 코로나 바이러스로 노인층부터 백신접종이 진행 중이었다. 실버타운에 입소해 지내는 엄마와 아빠는 그곳에서 하는 진행 절

차에 묵묵히 따르며 검사도 받고, 접종도 받았다. 지난 2020년 8월의 어느 더운 여름날, 한참 코로나 심각 단계로 대면접촉을 피하는 예민한 중에 이삿짐이 다 정리된 늦은 저녁 시간이 거의 다 돼서 엄마 아빠는 실버타운에 무사히 입소하셨다. 벌써 4년 전의 일이 된 그 날, 엄마는 실버타운에 입주한 밤에 내게 전화했다.

"얘, 여기가 어디니? 내가 왜 여기 있는 거니? 아빠는 어디 계시니? 네 언니들은 왜 전화 안 받니? 나 여기 싫어! 너 나 데리러 와! 여기로 와!!"

불안에 신경이 극도로 날카로워진 엄마 목소리가 찌릿찌릿 핸드폰을 타고 왔다. 당시 상황을 몰랐던 나는 아빠가 어떻게 엄마를 혼자 놔뒀는지 이해는 되지 않지만 아무도 자기를 도와주지 않는다며 화를 내면서 몇 번이고 끊었다, 다시 걸어오는, 불안해하는 엄마의 전화를 그냥 다 받았다. 중간에 들은 큰언니 얘기로는 엄마가 치매 환자이기 때문에 집중관리를 위해 아빠와는 다른 요양병동에 있는 거라고. 그러면서 특히나 거기서 엄마를 안정시킬 유일한 사람은 아빤데 아빠가 방치하고 있으니 나중에 벌어질 일은 온전히 아빠 몫이라며 전화를 끊었다. 그리고 불쌍한 엄마는 그 밤에 몇 시간이고 지나도 나타나지 않는 남편으로, 혼자 어딘지 모르는 낯선 방에서 불안에 시달리다 어떻게 해서 1층까지 내려왔는지 로비를 지나 입구에 마침 서 있는 택시를 타려다 엄마를 발견하고 달려온 간호사들에게 붙잡혔다. 어딜 가려느냐 물으니 주소도 모르는 막내딸 집에 간다고 붙잡지 말라며 실랑이를 벌였다. 그리고 다음날 엄마 방으로 온 아빠를 향해 화를 내며 손에 잡히는 대로 온갖 물건을 집어 던지고 사기 화분까지 바닥에 내쳐 박살을 냈다. 자기를 혼자 놔둬 불안을 가중시킨 남편에게 화가 날 대로 난 엄마는 아빠가 모시고 온 의사에게도 조소 서린 말을 해 놀란 아빠로 하여금 의사를 똑바로 보지 못하게 했다.

"의사씩이나 돼 놔가지고……!"

"애, 우리 엄마가 어떤 사람이었니? 엄마가 만약에 제정신이어서 당신이 한 짓을 알면 울부짖으며 미쳐 죽고 싶어 하지 않았겠니?!"

입소 당일날 가중된 불안으로 끔찍한 시간을 보냈을 엄마만큼이나 신경이 곤두선 채로 자기 집에서 날밤을 샌 큰언니는 울음 섞인 탄식을 했다. 거진 밤 시간이 다 돼서 이삿짐이 정리된 적막한 방에 처음 들어서는 아빠는 어떤 심정이었을까? 누구와도 접촉을 금하는 코로나 심각 상황에서 하얀 마스크로 눈만 내놓고 다 가려진 남편 얼굴에서 불안하게 눈을 맞추며 쳐다보는 아내를, 혼자 방으로 들여보내며 여태 모진 풍파를 함께 이겨내 왔으니 이 또한 무사히 넘기리라 싶었을까? 그렇게 생각하고 잠시라도 불안한 아내 걱정을 덜고 싶었을까? 그곳에서 처음 맞이할 아침이 다가오기 전까지 아빠의 그 시간은 어땠을까?

속에서부터 요동치며 울컥대고 올라오는 많은 생각들과 해결해야 될 문제들로 잠식되지 않으려 간신히 버티면서 많은 방이 늘어선 복도를 지나 내 방이라는 곳에 처음 들어서면서 답답한 마스크를 벗고 안락의자에 모든 것을 던지듯 몸을 파묻었다. '휴······.' 무거운 숨이 몰아져 나왔다. 살아오는 동안 숱하게 부딪혔던 삶의 힘든 순간들에 지혜로운 아내가 있었기에 무게를 나눠질 수 있었다. 풀리지 않던 문제들도 아내와 이야기를 나누다 보면 보이지 않던 돌파구가 보였다. 본래 생각했던 것보다 더 나은, 생각지도 못했던 것이 떠오르기도 했다, 마치 좀처럼 끄덕도 않던 것들이 가로막고 있던 불순물을 터트리며 뿜어져나가듯······. 그렇지만 이제는 오로지 나 혼자 해야 한다. 원치 않는 상황과 마주한 이 순간이 마음을 더 버겁게 한다. 이제 이곳이 우리 부부 인생의 마지막 지점이 될 거다. 예쁘고 아름다운 아내와 함께 살아온 세월이 잠깐 사이 순식간에 주마등처럼 지나간 것 같다. 하, 정말 이곳에 오고 싶지 않았다. 하지만 와야만 했다. 내 몸이 와 있는 이곳에, 먼 곳에 떠돌고 있는 마음을 억지로 끌어다 놓고 타협해야 한다. 만약 내가 먼저 치매가 왔으면 상황이 달라졌을까? 아내와 딸들의 살뜰한 돌봄을 받으며 안락한 그 집에 계속 머물 수 있었을까? 언제까지고 붙어있을 줄만 알았던 막내가 독립해 나가지 않았다면 어땠을까? 그렇지만 그 아이를 위해서 그건 생각할 게 못 되었다. 분명 언젠가는 우리에게서 떨어져 나가야 할 때가 올 텐데 제 엄마 아빠 실버타운 입소가 결정 나고서 허둥대며 쫓기는 기분으로 뒤늦게 나가야 했다면 서로 마음이 안 좋을 뻔했다. 백 번 생각해도 잘한 거였다. 그렇지만 또 한편으론 이런 생각도 든다. 만약 내가 좀 생각을 바꿔서 집으로 간병인이 오게 할 수도 있지 않았을까? 그럼 이곳에 오지 않아도 됐을텐데……. 무거운 숨이 또 다시 몰아져 나온다. 아니, 아니다. 지금 나는 여기에 있다. 달리 생각할 틈은 이제 없다. 이미 컴컴한 밤이 덮인 창밖의 어두움처럼 많은 마음의 생각들이 홍수처럼 몰려와 집어 삼켜질 것만 같다. 이러는 와중에 핸드폰이 울린다. 딸들이다. 엄마가 혼자 있어서 불안해하니 가봐야 한다는 거다. 무슨 상황인지, 왜 이곳에 왔고, 여긴 어떤 곳인지 제대로 인지가 안 된 아내의 얼굴이 떠오른다. 가봐야 한다. 그렇지만 무거운 마음이, 지나쳐 왔던 길고 긴 복도가 떠오르는 지친 아득함이 내 몸을 눌러 앉혀놓는다. 그리고 나중에 마주칠 일을 조금도 예상하지 못한 채 말도 안 되는 소리로 딸들에게 하고는 전화를 끊어버렸다.

"아, 엄마도 혼자 있어 봐야 해. 성가시게 굴지 말고 놔둬, 좀."

그렇게 좀처럼 흘러갈 것 같지 않던 아빠의 시간은 무겁게 흘러갔다. 아빠가 실버타운 생각을 하지 않은 건 아니었다. 그렇지만 막상 들어가려니 마음이 서지 않는 거였다. 그런 아빠를 설득하는 큰언니가 아빠의 마음을 살펴 한발 물러서 드리는 것도 어느 순간 한계에 다다랐던 것 같다. 예약된 입주 날짜가 또다시 다가오면서 고집부리는 아빠와 언쟁을 벌이며 그 노여움에 맞서는 딸들의 원성도 아빠 못지않았다. 점점 시간이 가면 갈수록 식사 때 밥도, 반찬도, 어떤 요리도 마다치 않고 주로 국물이나 맥주나 들이켜며 물배만 채워 약해져가는 엄마를 아빠가 잘 돌보지 못해서 더는 방치할 수 없으며, 노쇠한 아빠 또한 언제 갑자기 중한 병으로 쓰러질지, 집에서 뭘 하다가 넘어지는 일이 또 생길지 알 수 없으니 조금이라도 온전할 때 들어가야 한다는 거였다, 어떤 응급상황에서든 그곳에선 바로 조치를 취할 수 있으니. 그렇게 타협하며 힘들게 입소한 당일 밤을 무겁게 보낸 아빠는 다음날 난생처음 엄마로부터 힘든 일을 겪었다. 그리고 아빠가 왔다 간 그날 엄마는 방에서 넘어져 허리를 다쳐 병원에 입원할 수밖에 없었다. 긴장감 속에서 입원수속을 마치고 나오던 그 시간, 병원에서는 정부 의료정책에 반대하는 젊은 의사들이 벗어놓은 흰 가운들이 하나하나 쌓이고 있었다. 병원에 입원해 있는 동안 구한 임시 간병인이 다행히 엄마를 잘 돌봐줘서 사진으로 본 엄마는 얼굴이 편안해 보였다, 이마 한쪽에 시퍼런 멍 하나 달고. 거리두기가 유지되던 며칠을 엄마와 아빠도, 누구와도 못 만나고 아무런 대화도 없이 혼자 꽁하니 내 집에 박혀서 지내던 어느 날, 병실 침대에 환자복을 입고 앉은 엄마 사진과 함께 받은 문자에 갑자기 웃음이 터져버렸다.

'저 마빡에 시퍼런 멍이 보이느냐, 영광의 상처니라! 침대에서

내려오다 넘어지면서 부딪쳤댄다!'

그 하루를 못 넘기고 난리를 치다 허리를 다치고 이마에 시퍼런 멍까지 단 엄마를 큰언니는 심통 난 듯 고소해했다. 만일 엄마가 단 하루라도 원래 우리가 알던 엄마로 돌아와 자신의 모습이 담긴 사진을 본다면 아마도 배가 끊어질 듯 웃다가 통곡을 하며 울고, 그러다가 다시 눈에 들어온 사진을 보고 또 웃다가 자기도 모르게 지나간 시간 속에서 일어난 일로 그 누구도 아닌 바로 엄마 당신에게 화를 내며 미친 듯이 울부짖었으리라. 그렇지만 아빠와 세 딸들의 눈에 안 봐도 훤했을 엄마의 그런 모습은 치매의 컴컴한 암막 속에 집어삼키듯 감춰졌다. 그리고 며칠 뒤 허리 보조기를 찬 엄마는 부축을 받으며 퇴원했다. 실버타운에 입소하면서 살던 집에서 쓰던 물건들과 소파나 눈에 익은 사진액자들을 엄마 방에 놨어도 엄마에겐 별 소용이 없었다. 여전히 왜, 어딘지 모르는 낯선 방에서 지내야 하며, 앞으로 왜 이곳이 내 집이어야 되는지 몰라 의아해하며 불안해하는 엄마를 안심시키고자 아빠는 나직나직한 목소리로,

"여기는 당신이나 나처럼 노인들이 들어와 사는 실버타운이고, 앞으로 여기가 우리 집이야. 당신은 아프니까 간병인이랑 같이 지내야 해. 그래서 당신 방은 여기고, 내 방은 따로 있어. 내가 당신 보러 자주 올게. 걱정하지 마. 알았지?"

엄마 손을 다독이시며 몇 번이고 반복 설명했다. 퇴원한 엄마와

아빠가 어떤지 궁금해하던 중 전송된 사진에 담긴 아빠의 얼굴은 그 날의 심리적 타격의 후유증으로 시커멓게 야위어 있었다. 코로나 바이러스 중 실버타운 입소를 비롯해 벌어진 모든 일은 우리 가족을 한꺼번에 들었다 놨던, 너무도 힘든 시간이었다. 부득이하게 방문해야 하는 경우를 제외하고는 방문객 출입을 일체 금하는 실버타운의 강경 조치로 전화 통화와 카톡, 문자와 사진 전송으로 서로 상황을 주고받았다. 엄마를 돌봐드릴 전문 간병인을 새로 구하기 전까지 코로나 검사와 백신접종을 받아가며 세 딸들이 교대로 엄마와 같이 지냈다. 그 날로부터 하루하루가 그런대로 안정되게 지나며 아빠는 늘 하시던 대로 식사시간쯤 엄마 방에 오셔서 같이 식사하시고 TV도 보시면서 얘기 나누시곤 했다. 그렇게 천천히 힘들었던 그 날의 일은 넘겨졌다, 책장 넘기듯.

오후 들어 비가 올 듯 말 듯 흐린 어느 날, 엄마를 돌보는 간병인과 안부를 비롯해 백신접종 여부 카톡을 주고받던 중 예의 그 날카로운 성질을 부린다는 얘기가 나왔다.

"어머니가 오늘 심리상태가 불안정해서 좀 아까 나한테 리모컨 집어던지시고, 안 그랬다는데도 아버님한테 일러바치고 왔다면서 소리 지르시고 그러시네요. 좀 전에는 아버님 방에도 갔다 왔어요. 지금은 방에서 나와 앉아계시다가 들어가셨다가 또다시 나와 계세요. 시간이 지나면서 괜찮아지겠죠. 걱정 마세요."

한껏 날이 서 있는 엄마의 눈이 떠오른다. 그리고 화난 목소리도. 간병인에게 그러고 있다는 얘기에 그냥 아무 생각도 안 들었다. 엄마의 횡포에서 벗어났다는 안도감도, 이제는 엄마의 화가 못 미치는 안전지대에 있다는 안심도. 그저 내가 느꼈던 불안함과 무서움, 가끔 느꼈던 공포감을 그 사람이 겪고 있을 걸 생각하니 미안하면서도 노인을 상대하는 간병인인 만큼 잘 대처하고 이겨내길 바라는 게 할 수 있는 다였다. 며칠 전 아빠와 통화했을 때 나는 마치 지나간, 그 끝날 것 같지 않던 무거운 시간의 쳇바퀴를 굴리는 다람쥐로 돌아간 것 같았다.

"엄마가 요즘 부쩍 신경이 날카로워. 막 성질부리고 그런다. 툭하면 네 집에 간단다, 여기 싫다고. 그래서 걔네 집은 침대가 하나밖에 없어 어디서 자려 그래? 했더니 네 엄마가 하는 말이 자기는 괜찮다고, 바닥에서 뭐라도 깔고 자면 된다고. 여기 싫으니 네 집에 데려다 달라고 그런다."

우중충 흐린 날씨로 죽 쑤는 건 아빠였다. 그곳에서 큰소리 한 번 없이 날카롭게 구는 엄마를 얼마나 어르고 달래느라 기운이 빠질까 싶었다. 내가 그렇게 길고 길었던 그 시간 동안 엄마한테 혼쭐나서 시달릴 때는 엄마의 기질이나 심리를 이상하게 보거나 검사라도 해볼 생각조차 하지 않고, 그저 어릴 적부터 약한 나로 인해 엄마가 힘들게 고생하는 거라 했다. 엄마가 그러는 모든 것이 나를 강하게 하기 위한 것이었다고, 그러니 나더러 엄마에게 맞춰

보려 노력하고 엄마의 기분을 살피라며 한술 더 떴다. 그런 아빠한테 아무런 기대도 할 수 없었다. 그로부터 훨씬 지난 나중에 실버타운 카페에서 나와 배웅하는 아빠와 헤어지며 그때 내가 얼마나 무서웠었는지 아느냐 했더니 마치 말만 하면 도와줬을 것처럼 물었다. 그 말에 말문이 막혔던 건 말할 것도 없다.

"왜 얘기 안 했어?"

종잡을 수 없는 엄마의 이상한 기질로 집에 엄마와 단둘이 있게 되는 날이면 은근 날씨를 살피는 경향이 있었다. 언제 한 번은, 우중충한 날도 아닌 날이었는데, 저녁을 먹은 후 한 번에 나르고 끝내려고 제일 큰 쟁반에 다 담다 보니 너무 무거워 떨어뜨릴까봐 엉거주춤한 채로 천천히 들고 나르고 있는데 그걸 지켜보던 엄마가 갑자기 하는 꼬락서니가 같지 않다며 쟁반을 확 쳐버렸다. 쟁반은 내 얼굴을 치고 저만치 엎어졌고, 기분 좋게 밥을 먹었던 저녁 식탁 바닥은 순식간에 난장판이 되었다. 나는 바닥에서 깨지고 뒹구는 그릇들을 그대로 놔둔 채 대문을 열고 강박적으로 나가버렸다. 그냥 나가야겠다는 생각밖에 안 들었다. 갈 곳이라곤 동네 놀이터밖에 없었다. 아님 천천히 집 근처를 돌며 산책 삼아 걷는 수밖에 도리가 없었다. 찬바람 쐬고 한참 후에 돌아오니 난장판 벌인 바닥이 치워져 부엌에 모여 있었다.

"빨리 치워! 집에 냄새 빼는 거 안 보이니?!"

찬 공기를 몰고 들어온 나를 본 엄마는 대뜸 치우라 명령했다. 그런 엄마를 쳐다도 안 보고 그저 말없이 치우고 얼른 방에 들어가 버리고 말았다.

"아빠가 제일 경멸하는 사람은 밥상 걷어차는 사람이야. 예전에 아빠 친구 중에 그런 친구 있었거든. 그 친구가 그런다는 걸 안 뒤론 아빤 다시는 그 친구 안 봤어."

어느 날 저녁을 먹는 자리에서 이런저런 얘기를 나누다가 아빠가 하신 얘기였다. 밥상이란 것은 내 몸을 따뜻하게 채워주고 튼튼하게 해주는 수고와 정성을 의미하고, 나를 위하는 마음을 내 속에 채우는 것이기도 하고, 사랑하는 이의 입맛을 알아주는 사랑과 관심을 의미하기도 한다. 그리고 서로 간에 애정과 우애를 먹고 먹이는 것이기도 하다. 즉 밥상을 대하는 건 서로의 인생을 대하는 것과 같고 '밥상 = 삶'이다. 그런 귀한 것이기에 식사 중에 밥상을 발길로 걷어차거나 엎어버리는 건 상식 밖의 행동이라는 거다. 그건 즉 사람을 멸시하고 자기 인생마저 걷어차 버리는 격이다. 평소에도 밥상에서의 예의를 귀하게 여기는 아빠로 밥 먹는 자리에서 불편한 얘길 하거나 다투거나 하면 당장 혼쭐이 나곤 했다. 아빠가 그러니 엄마도 당연히 그런 줄 알았다, 눈앞에서 식탁이 아수라장이 되기 전까지. 그 날도 엄마와 나 둘이었다. 아빠는 회사에서 일이 늦으신다 했다. 보통은 간소하게 차려 먹지만 가끔은 엄마가 좋아하는 고추장으로 버무린 돼지고기를 맛나게 구워 먹을 때도 있다. 평소 편안하게 지내던 것과 별반 차이 없는 저녁이었고, 아빠가 계실 때는 짠 음식 못 드시는 아빠를 위해서 잘 안 해 먹는 짭짤하면서 매운 돼지고기를 치치직~ 소릴 내며 굽는 엄마도 기분 좋았었다.

"얘, 너랑 나랑 실컷 먹자, 응? 아빠 없을 때 우리끼리 맛있게 먹자."

엄마가 해주는 대로 잘 먹는 내게 엄마는 욕심껏 팍팍 넣은 고추장 양념에 버무린 새빨간 돼지고기를 불판에 늘어놓으며 익살스럽게 웃었다. 양념이 불판에 찌꺼기가 돼서 눌어붙을 정도로 돼지고기는 기름기를 보글거리며 익기도 전에 비계가 타기까지 했다. 얘기도 잘 나누고 편안한 저녁식사였다. 고기도 다 구워먹고 밥도 다 먹고 부른 배를 내밀고 앉아 쉬면서 쉬엄쉬엄 얘기를 또 나눴다. 그런데 끝으로 갈수록 이상하게 얘기가 꼬이면서 기분이 나빠진 엄마는 자리에 앉은 채로 '에잇, 썅~!!' 하며 식탁을 쳐 아수라장을 만들었다. 맛있게 고기를 구워먹고 물을 부어놓은 식은 쇠솥은 엎어졌고, 가스버너는 가스통의 덮개가 열리면서 치는 바람에 밥그릇이며 반찬 접시들이 뒹굴며 요란한 소리를 냈다. 상이 식탁이었을 뿐, 말 그대로 밥상을 엎은 꼴이었다. 나는 그 날을 결코 묵과하고 넘어갈 수 없어서 다음날 식사시간에 아빠한테 일러버렸다.

"내가 안 하는 걸 당신이 해?!!"

딸의 얘길 조용조용 들으며 식사를 하시던 중 아빠는 폭발할 듯 화가 나 당장 육중한 식탁을 들어 엎으려 흔들었다. 그대로 두면 집안 꼴은 말할 것도 없었고, 아빠의 신념에 치명타를 안겨줄 건 뻔했다. 그런 아빠한테 엄마는 당장 잘못했다면서 식탁을 붙잡고 말렸다. 아빠는 화나면 무서운 게 아니라 매서웠다. 당장 칼에 베일 것만 같은 매서운 눈을 아빠는 무섭게 뜨고 엄마를 쳐다봤다. 아빠가 좋아하시는 따끈한 국과 잘 구워진 조기와 맛난 김치는 잠자코 아빠의 수저질을 기다렸다. 잘못했다고 거듭 말하는 엄마의 말에 아빠는 밥상 앞이라 화를 누르고 다시 식사를 시작하셨다.

"너도 엄마한테 잘해! 싸우지나 말고. 알았어?!!"

행여나 엄마를 혼낸 걸로 통쾌해하고 있을까 싶은 아빠는 내게도 눈을 부릅뜨셨다. 쏟아진 국물로 흥건해진 식탁을 행주로 닦고 이리저리 휘둘러진 김치와 조기 등 반찬을 엄마는 손으로 살짝 모양새를 정리했다. 아빠가 식사를 다 마치실 동안 나는 엄마와 눈도 마주치지 않았다.

성인이 돼서도 엄마의 계속 이어지는 횡포에 한때나마, 마치 한쪽 옷자락을 꽈악 움켜쥐듯 없던 용기를 그러잡으며 한, 두 번 자리를 피했던 적이 있었는데, 그건 일찌감치 들은 엄마 얘기가 있었기 때문이었다. 나는 엄마의 이야기 속에서 늘 처량하게 등장하는 외할머니와 한 번도 본 적 없는 엄마의 친할머니를 본다. 그리고 어린 엄마도.

"우리 집 마당에 우물이 하나 있었어. 옛날에는 집집마다 우물이 하나씩 있었거든? 근데 할머니, 그러니까 내 친할머니지. 내 친할머니가 얼마나 우리 엄마를 시집살이시키고 고생을 시키는지 말도 못했어. 어느 날은 말야, 할머니가 화가 나갖고 도끼를 들고서 말야, 마당에 있는 그 우물을 도끼로 내리쳐대는데! 그 쪼끄만 할머니가 어디서 그런 힘이 나오는지……! 누구도 말릴 수 없었어. 말리는 순간 더 큰일 나. 실컷 화를 내며 난장판을 만들어 놓고는 자기는 도끼 집어 던지고는 방에 들어가 버리는 거야. 그러면 말야, 무서워서 구석에서 쪼그리고 숨도 못 쉬고 있던 우리 엄마는 주섬주섬 아무 말 없이 그걸 다 치우곤 했단다. 에휴, 힘들었지, 우리 엄마가. 말해 뭐하냐."

엄마 어린 시절 얘기는 보통 자기 엄마가 불쌍하면서도 그런 모습이 싫었다며 울상을 짓는 걸로 끝나곤 했다. 내가 중학생, 고등학생이었을 때 몇 번을 엄마는 내가 하는 게 마음에 안 든다며 혹은 공부는 안 하고 딴짓한다며 갑자기 책상 위를 뒤집어 놓거나 나가면서 방문 옆에 있는 책장을 쓰러뜨려 놓고 방문을 쾅 닫곤 했었다. 그러면 나는 엄마의 화에 겁을 덜컥 먹고 울먹이며 다시 정리해 놓곤 했다. 번번이 그러면서 엄마는 뭘 느꼈을까? 쾌감? 희열? 해소? 어느 쪽인지 잘 모르겠다. 그러나 그 얘기가 있은 뒤로 나는 엄마가 만들어 놓은 아수라장 속에서 처량한 외할머니가 되지 않으려 안간힘을 썼다. 아니, 그렇게 만들려는 걸 용인할 수 없었다.

그 옛날, 시어머니의 횡포에 꼼짝없이 저항 한 번 못하고 절절매던 자기 엄마가 불쌍하고, 그렇게 싫었다면서 자기가 가해자가 되어 그걸 반복하려 드는 걸 이해할 수가 없었다. 자기에게 저항하기 힘든 대상에게 해대는 것도 똑같았다. 부정할래야 부정할 수 없도록 명백히 각인된 어린 시절의 일들은 엄마로 끊기 힘들게 했던 것 같다, 특히 감정적으로 격분할 땐 더욱. 포악한 성질 부리는 시어머니의 뒤치다꺼리와 많은 자식들로 외할머니가 어린 딸이 보고 느꼈을 예민한 부분까지 세심하게 살피고 다독여 줬는지도 잘 모르겠다. 내 생각에 그럴 여유조차 없었던 것 같다. 엄마 말마따나 늘 할머니는 시어머니한테, 여러 자식들한테 쉴 새 없이 들락거리는 많은 공장 사람들로 살림살이에 치여 살다시피 했으니. 한편으론, 외할아버지는 인정이 후해서 한국전쟁 직후 집도, 부모도 없이 굶는 애들이 있으면 집에 자꾸 데려왔다 한다.

"그래서, 그 애들 밥 먹여서 보내고 학비도 보태주고 그랬어. 당시 네 외할아버지가 플라스틱 공장을 했었어, 나중엔 망했지만서도. 그래서 그때 당시 공장 사람들이 가끔 집에 드나들고 그랬어. 그러면 우리 엄마는 또 밥상 차려서 그 사람들 다 밥 해먹이고 치우고, 또 금방 식구들 밥때 돼서 밥하고……. 난 그런 게 싫었어. 지겹고 싫더라구. 그래서 내가 한 번은 우리 아버지한테 얘기했어. 고아 애들 자꾸 데려오지 말라고, 난 싫다고. 그랬더니 네 할아버지가 말하기를, 우리가 이렇게 부족하지 않게 먹고 산다고 어려워서 못 먹고 못 사는 사람들 도와줘야지 외면하면 안 된다고 하며, 되려 나를 꾸짖더라. 그리고 밥상에서는 밥 남기면 천벌 받는다고 아주 엄하게 혼냈어."

외할아버지야 후한 인심에 그렇게 베푸셨다지만, 그 많은 식솔과 공장 사람들과 고아들까지 일일이 끼니를 챙겨 먹여야 했던 할머니는 얼마나 힘드셨을까? 지금 세대와는 달라도 한참 달랐을 옛날 여자들의 고된 시집살이나 여성상을 뭐라 말해야 하나, 그저 일하는 소처럼 고분고분 네, 네, 하며 강요된 순종에 '자기 자아'라곤 찾아볼 수 없는, 으레 여자는 그래야 되고 마치 그러기 위해 태어난 것처럼 여겨졌다 해야 하나? 2030년이 머지않아 다가올 지금, 나라가 선진국이고 세계적으로 '코리아 열풍'이 불고 있지만 그런 외면과 대조적으로 여성상만큼은 선진국 수준에 한참 못 미치고 있는 게 현실이다. 그 바탕엔 지금까지 지탱해 온, 남성에게 유리하게 적용됐던 남성 특권적 중심 사회 저항력이 팽배해 있기에 그렇다. 선진국의 현대를 사는 지금도 그런데 그 옛날이야 오죽했을까.

지겨움에 쩔은 엄마의 집안 살림살이에 대한 인식을 확 바꿔놓은 건 우리 친할머니였다. 엄마가 결혼하면서 마주했던 시어머니의 살림살이는 자기 엄마와는 딴판이었다. 정리가 안 되고 이것저것 너질러진 채 살림을 이어갔던 친정엄마완 달리 시어머니는 뭐든지 깨끗하게 정리정돈이 되어 있었고 몸에 배신 분이었다. 엄마가 재단 가위가 어딨냐고 물었다 치면 친할머니는 큰방 첫 번째 문갑 서랍 오른쪽에 있다고, 그래서 가서 그대로 찾으면 정확히 그 자리에 있었다는 얘길 엄마는 참 흡족하게 했다, 마치 숨겨둔 보물을 단번에 찾은 것처럼. 비록 엄마에게 내리 딸만 낳았다는 수치심을 심어준 시어머니지만 그것만 빼면 엄마 마음에 들었던 거다, 쏘옥. 사실 엄마 마음에 쏙 들게 깨끗했던 건 시어머니가 처음이 아니었다. 엄마의 친할머니 또한 깨끗하셨다, 엄마 말마따나 정신이 번쩍 들도록.

"어렸을 때 할머니 방에 가면 얼마나 기분 좋았는지 아니? 방에 머리카락 하나 없이 깨끗했단다. 그리고 자기 머리카락을 싸악 모아 갖고 쪽지고, 베갯닛게는 항상 새하얗게 깨끗했어. 나는 우리 할머니가 깨끗해서 참 좋았어."

흡족한 얼굴로 자기 할머니 얘기를 할 때의 엄마는 마치 그 얘기를 하고 있는 자신도 그런 것처럼 깨끗해했다. 자기 이야기를 열심히 듣고 있는 딸에게 너 못지않게 나도, 내 친할머니도 깨끗하신 분이었다고 지지 않으려는 듯 말했지만, 자기 엄마 얘길 할 때는 먹다 흘린 국물이며 여기저기 튄 음식물로 얼룩져 구김이 잔뜩 간 앞치마나 행주같이 구겨진 얼굴이 됐다.

"네 외할머니가 살림살이는 그래도 당시 그 미모를 따라올 사람이 있을까 싶을 정도로 네 할머니가 예뻤어. 그 옛날 결혼사진을 보고 내가 얼마나 감탄했는지 아냐! 그리고 그런 시어머니 밑에서 도망도 안 가고 그렇게 모시고 산 것도 대단한 거야. 옛날엔 다 그러고 살았지만 아무나 그 정도까지 그렇게 못하지. 네 엄마가 좋아하는 친할머니는 아빠가 처음 인사드리러 갔을 때 기억해. 심통꾸러기 얼굴이야. 크음~ 이러고 말이야, 얼굴에 얼마나 심술이 가득했는지!"

 자기 장모님이 살림살이를 깨끗하게 못해서 지저분하게만 묻히는 게 안타까웠는지 가끔 엄마 얘기에 끼어드는 아빠는 할머니 젊었을 적 흑백 결혼사진을 보고 감탄했던 걸 얘기했다. 그리고 심술궂었다는 아내의 친할머니 얼굴을 흉내 냈다. 볼살을 한껏 축 늘어뜨리고 노려보는 불독 개처럼 얼굴에 힘주면서……. 아빠 말마따나 심술 고약하다는 그 할머니는 며느리 시집살이를 그렇게 오래도록 시키면서 오래 살다 돌아가셨다 한다. 100살이 넘도록. 그런 시어머니일수록 일찍 죽었다고 해야 세상 이치가 맞게 돌아가는 것 같지만 현실은 달랐다. 그리고 외할머니의 오랜 시집살이만큼이나 살림살이에 대한 지겨움이 엄마로 거기서 헤어나지 못하게 한 것 같다. 물론 내가 볼 때도 외할머니가 퍽 깨끗하진 않았지만 그래도 혀를 내두를 정도는 아니었다. 그냥 좀 빨랫거리를 쌓아 놓고 좀 미루거나 안 쓰면 버리거나 치워서 공간을 넓게 하지 않고 어디서 받은 건데, 누가 준 건데, 멀쩡한 건데 그걸 왜 버리냐며 여기저기 쟁여놓는 그런 정도였다. 흔히 안 치우고 사는 집에서 나오는 바퀴벌레를 보거나 뽀얗게 먼지가 쌓여 있거나 곰팡이가 끼는, 그런 적은 없었다. 그냥 할머니는 살림살이가 이렇구나 하는 정도였다. 집안 살림만 그랬지 할머니 자체는 깨끗하고 항상 단정하셨기에 엄마와 달리 나는 별로 그닥 문제 삼을 필요를 못 느꼈던 것 같다. 뭔가 다른 게 있다면 나한테는 할머니지만 엄마한테는 '내 엄마'이기에? 중간을 건넌 관계와 바로 직결된 관계가 이 정도로 차이 나나? 그런대로 괜찮은데 뭐 어떠냐는 내 말에 조금의 타협의 의지도 없는 듯 엄마는 콧방귀를 뀌며 비꼬듯 말하곤 했다.

"흥, 뭐 어떠냐고? 넌 네 할머니가 그러고 사는 게 좋니? 그럼 가서 할머니랑 살아라, 좋기도 하겠다."

엄마는 자기는 마음에 안 드는데 자기 편을 안 들어주면 비꼬고 싸잡아 말하는 게 있다. 이를테면

"내 딴엔 내 엄마를 이해하려고 했어. 근데 그게 아니야. 우리 엄마가 원래가 그런 거였어. 네 둘째 이모가 집에 뭐가 많고 버리지 못하잖니? 어질러 놓은 거 같고. 둘이 아주 똑같아. 그 둘을 붙여놓으면 아마 볼만할 거다."

이런 식이다. 원래 그런 자기 엄마 식을 적당한 선에서 그냥 그대로 봐주면 되는 걸 굳이 '이래야 된다'는 틀에 끼워 맞추려는 것에서 어그러지는 거였다. 한때 자기 엄마를 위해 집안 곳곳을 정리하고 특히 부엌의 모든 집기들을 죄다 꺼내 쓰기 편하게, 찾기 쉽게 정돈해 놓고, 얼룩들을 깨끗이 닦아놓기도 했다는 거다. 자식

도, 살림도 많아 힘들어서 그러나 싶어서……. 그렇지만 이런 딸의 노력에도 할머니는 필요한 걸 찾으려 금세 다 어질러 놓고 또 어질러진 그대로 그냥 산다는 거였다. 아마도 할머니 입장에서는 '정리해 놓은 틀' 안에서 찾아야 하고 '정리해 놓은 틀을 유지'해야 하니 그게 되려 스트레스가 됐나 싶기도 했다. 결국 엄마를 비롯한 자식들은 할머니의 살림에 더는 손을 대고 싶지 않아 으레 그러려니 하게 된 거다. 그렇지만 혈연관계란 게 평생 안 보고 살 순 없지 않나? 깨끗한 집안 살림살이로 남편과 딸들에게 쌩쌩하게 자신감 넘치는 엄마는 자기 엄마 집에만 가면 그러고 사는 모양새에 억장이 무너져 내리는 걸 못 견뎌 했다. 남편과 딸들이 그냥 나름대로 이해하고 넘기는 것조차도 받아들이려 하지 않았다. 살림살이 방식을 굳이 설명하자면 이런 거다. 이를테면, 고상한 문양의 크기와 색깔이 다양한 꽃병이 10개가 있다고 치자. 선반에 아무것도 없이 가운데 혹은 한쪽 가에다 꽃병과 잘 어울리는 작은 받침을 깔고, 꽃병 제일 큰 거 하나만 놓거나 2, 3개만 모아서 놓는 게 우리 엄마식인 반면, 10개의 꽃병이 저마다 다 예뻐서 하나하나 보면서 즐기고 싶은 마음에 선반 위에 레이스가 달린 덮개를 깔고 꽃병을 다 일렬로 세워놓고, 사이사이 생긴 좁은 공간에 자그마한 장식품이 있으면 그것도 같이 놓는 걸 마다하지 않는 게 외할머니나 둘째 이모 식이다. 다 자기 취향껏 사는 걸 엄마가 인정하려 들지 않는 것뿐이다. 자기와 관계된 사람일수록 더욱. 엄마의 끝까지 자기 방식이 옳으니 그 방식대로 해야 한다는 집념은 거의 강박에 가까운 것이었다. 그런 엄마가 나한테 제일 힘들었던 건, 간혹 감정이 격분할 때 이게 옳다고 밀어붙이는 싸움에서 보이는, 진저리마저 치는 엄마의 눈과 입술을 꽉 깨문 채 훅훅 화가 난 숨을 내뿜는 얼굴이었다. 보고 있기 힘든 상황을 제일 많이 보고 부딪쳤던 나는 엄마의 그런 모습이 너무 싫어서 차라리 그 순간 정신을 잃었으면 싶을 때도 있었다. 물론 그런 일은 단 한 번도 생기지 않았지만…….

인생은 그럼에도 불구하고 살아야 하는 삶의 연속이어서 바라지 않는 삶의 순간도 살아낼 것을 인간에게 요구한다. 그리고 그런 요구에 순응하는 인간이 있는 반면 악다구니를 쏟아붓는 인간도, 그 순간을 견디지 못해 슬픔을 아프게 울부짖는 인간도 있다. 어느 쪽이든 상관없이 인간은 하나님으로부터 지으심을 받아 부여받은 자유의지대로 반응한다. 자기가 좋아했던 말끔한 친할머니만큼이나 깨끗하고 정리정돈이 몸에 배신 시어머니를 만나 적잖이 위로 받았지만, '여자 = 살림살이'의 꽉 박힌 보수적인 틀에서 헤어나지 못했다. 자신도 어쩌지 못하는 틀에 틀어박혀 살면서 가족들을 위하는 자기만족을 위로 삼아 맛깔난 음식으로 모두의 입맛을 사로잡고 정신 번쩍 나도록 깨끗한 집안 살림을 유지하면서 살아왔지만, 엄마의 무의식 저변에 깔려 있는, 그 옛날 케케묵은 살림에 대한 지겨운 심리가 노년으로 접어들면서 슬슬 되살아나 분노로 표출되기 시작했다. 왜 나만 계속 살림하고 희생해야 하느냐는 거다. 어느 날, 시위하듯 화를 내는 엄마를 상대하면서 딸들은 어안이 벙벙했다.

"엄마 여태 살림하면서 살지 않았었어? 여태 잘해 오다가 왜 나만 해야 하냐니 무슨 말이야?"

"그래! 여태 살림하면서 살았다! 그래! 아주 지긋지긋하게 살림만 했다!"

"그래서 뭘 어쩌겠다는 거야?"

"뭘 어쩌긴 뭘 어째! 안 해! 안 한다고! 이제 난 살림 안 해!"

"그래 하지 마! 하지 않으면 되잖아. 왜 성질부리고 그래?"

남자는 밖에서 힘들게 일해도 집에 들어오면 쉬면서 대접받고 정년퇴직해 집에서 쉬는 게 정당한데, 여자는 몸이 힘들어도 끼니때가 되면 밥을 해야 하고, 주부에겐 정년퇴직이란 것도 없어 머리가 하얗게 쇠도록 밥상 차려 바쳐야 하는 현실에 이골이 날 대로 난 거다. 게다가 엄마가 결혼한 아빠는 외식보다 엄마가 손수 차린 집밥을 좋아하고, 좀 구식으로 말하자면 남자가 부엌에 오면 무슨 큰일이라도 나는 것처럼 여기는 그런 집안사람이었다. 아빠가 집밥을 좋아하지만, 꼭 고집했던 건 아니어서 맛집이 있으면 꼭 가족을 데리고 갔었다. 그래서 아빠 덕분에 대체로 우리 가족은 안 먹어 본 음식이 없었고, 입이 짧아서 음식을 가리는 일도 없었다. 우리는 어떤 거든 맛있게 먹었고, 맛있게 먹어야 복이 온다는 말도 같이 먹었다. 그리고 우리 친할머니부터가 집안 식구들에게 음식을 아주 맛나게 해 먹이는 걸 큰 즐거움으로 여기는 분이셨기에 아빠와 결혼한 엄마는 으레히, 집안 식구들을 위해 음식을 맛있게 해야 된다고 받아들이고 그렇게 해왔다. 그렇지만 해도 해도 너무하다 싶은 거다. 끝날 기미가 보이지 않는 살림살이의 지겨움을 끊지 못하며 매여 사는 자신이 못마땅한 건지 불쑥불쑥 감당하기 힘들 정도로 화를 내었다.

"엄마, 괜찮아?"

"그래, 이제 다 나았으니 또 부려 먹어라, 엉? 또 부려 먹어!!"

"거, 왜 그래?!"

"뭘, 뭘 왜 그래? 뼈가 다 으스러지도록 어서 부려 먹어! 어서, 어서!"

"참내."

언제였던가, 며칠 아프던 엄마가 나아서 좋아서 물었지만, 그런 딸에게 엄마는 이를 갈며 벌컥 화를 냈다. 그런 엄마를 보며 아빠는 언짢아했고, 나는 불씨가 커지지 않게 입을 다물고 더는 말을 안 했다. 시대가 요구하는 순리에 순응해서 살아왔지만 정작 건진 건 아무것도 없다 이거다. 물론 엄마가, 내가 이렇게 몸이 힘드니 알아달라는 푸념 섞인 화라는 걸 모르진 않는다. 그렇지만 가끔은 엄마의 화가 지나쳐 싸움이 될 때도 있어 아무런 소득도 없는 화만 서로 간에 내려니 너무 힘들어서 피하는 게 상책일 때도 있다. 한참 좋을 20대 때 결혼한 언니들은 이런 엄마의 타격을 피해 갔지만 나는 그렇지 못했다. 마흔이 넘도록 붙어있는 딸이 되어 엄마의 누적된 화를 고스란히 받아내야 했다. 다른 건 웬만해선 그러려니 해도 엄마의 저주가 담긴 악다구니 앞에선 치가 떨려 한바탕 싸워야 했다.

"너랑 네 아빠는 내가 죽으면 밥때 돼서 관 뚜껑 열고 죽은 송장더러 뭐 하냐, 일어나 밥하라 그럴 사람들이야!!"

"제발, 그런 소리 좀 하지 좀 마!"

"뭘 하지 마! 뭘! 왜 듣기 싫니? 듣기 싫지? 나는 뭐 좋아서 하니?"

"그럼 안 하면 될 거 아니야?!!"

"뭐? 안 하면 될 거 아니야? 뭘 잘했다고 큰소리야! 어!!"

화가 치밀면 자기 마음에 안 드는 것들을 한데 싸잡아 조소하는 건 뭐 말할 것도 없다. 엄마가 부엌에서 음식 할 때 딸들이 옆에서 안 돕는 것도, 엄마로부터 요리를 안 배우는 것도 아니었다. 그렇지만 엄마는 늘 성에 차지 않았던 것 같다. 미각을 통해 음, 이건 뭐가 들어가 이렇게 만들어졌구나 하며 딱 알아맞춰 자기에게 놀라움이나 고차원의 만족감을 안겨주길 바랐던 걸까? 최소한 시어머니의 음식을 거들면서 간을 보며 눈치로 습득했다는 자기만큼이라도 돼 주길 바랐나? 실제로 엄마는 이렇게 말하기도 했다.

"누가 너처럼 이렇게 하나하나 물어보니? 눈치로 아는 거지."

"좀, 물어보면 안 돼?"

"나는 니들처럼 안 그랬다. 네 할머니 음식 할 때 옆에서 그냥 슥 보고 배웠지."

가끔 서로 간에 분위기 좋을 때는 '잘났어, 정말~' 하며 입을 삐죽일 때도, 혀를 내밀 때도 있었지만, 대체로 딸 셋 중 누구도 엄마에게 살갑게 애교떨며 맛깔 나는 요리를 배우는 즐거움을 누린 딸이 없다. 어쩌다 물어본 것에도 너는 그렇게 먹어놓고도 모르냐며 타박을 맞곤 했으니. 요즘이야 인터넷이 발달해서 괜찮지만, 그전만 해도 여기저기서 많이 나오는 요리책은 제쳐놓고 엄마가 해줬던 걸 해 먹고 싶은 마음에 요거만큼은 알아야겠다, 싶을 때 타박이나 욕먹을 걸 감수하고 꼬치꼬치, 몰아치듯 물어보는 편이었다. 어쩌다 일가친척이나 엄마나 아빠의 친구 분들이 집에서 모이는 날이면 엄마의 음식 맛을 본 사람들은 다 하나같이 칭찬 일색이었다. 그리고 저들은 딸들에 둘러싸여 웃음꽃이 만발하여 요리를 자상하게 하나하나 일러주는, 실제 현실과는 거리가 먼 엄마의 모습을 상상하며 한마디씩 했다.

"엄마가 이렇게 요리를 잘하는데 딸들이야 뭐~"

"너도 이렇게 하지?"

"아유, 잘하겠지. 나중에는 즈이 엄마보다 더 잘하겠지. 그치?"

"느네 엄마 음식은 나무랄 데가 하나도 없다. 일급 요리사 저리 가라다."

엄마에게 음식은 곧 엄마 자신이었다. 어느 선에서 그칠 줄 모르는 자기 위로와 만족을 채울 것이 음식이었는데, 이제 그만, 음식에서 손 놓고 싶은데, 한편으로는 화목한 가족의 평안을 위해, 다른 한편으론 드높여 놓은 자기의 자존심이 있어 차마 놓지 못하고 질질 끌어온 거였다.

예전에 방영됐던 드라마 '엄마가 뿔났다'에서 40년 만에 62세 생일날 폭탄 발언을 함으로써 휴가를 떠나는 엄마(김혜자 역)가 나온다. 단출한 원룸에서의 1년 휴가. 그때 당시 '열심히 일한 당신 떠나라~'는 문구가 유행하던 터였다. 남편(백일섭 역)이 모는 차에 짐을 싣고서 조수석의 내린 창문으로 웃음이 만연한 얼굴과 바람을 가르는 손을 밖으로 내밀고 해방감을 즐기는 장면이 있다. 방영된 지 20여 년 가까이 되어가는 그 드라마가 잊혀지지 않는 이유는 쟁쟁한 연기자들이 대거 출연하기도 했지만 그보다 우리네 삶에 근접한 내용을 담고 있기 때문이었다. 아침부터 밤까지 북적이는 집안 식구들로 손 마를 틈 없이 음식 해대고 집안일로 바빴던 엄마(김혜자)가 휴가를 떠나는 장면에서 어떤 이질감은 느끼지 못했을 정도로 자연스럽게 와닿았던 것 같다. 내 생각에 많은 가족들이 그 장면에서 며느리, 아내, 엄마의 눈치를 살피지 않았을까 하는 생각이 들었다.

"참, 저런 연기를 김혜자니까 저렇게 하지, 아무나 저렇게 못해."

연기력을 칭찬하는 말로 주거니 받거니 하면서 아빠와 나 역시 엄마의 얼굴을 살폈다. 엄마는 눈을 흘기다가 못 이기는 척 푸덕이듯 말했다.

"그래, 나도 집 나가고 싶다. 나도 저 김혜자처럼 아빠도 너도 다 떼어버리고 나 혼자 살고 싶다."

"저기 나오는 백일섭이는 돈이 많은가 보지. 저렇게 집도 얻어다 주고. 나는 돈 없어."

셀~죽 웃는 아빠를 엄마는 눈을 흘기다 못 이기는 척 웃고 말았던 적이 있었다. 그러던 것이 나중에 분노로 터지고 만 거다. 엄마는 김혜자도 아니어서 휴가로 얻은 원룸도, 순전히 자기를 위해 사온 탐스러운 장미 한 송이를 꽃병에 꽂는 즐거움도, 끼니때가 돼서 한 줌밖에 안 되는 1인분의 국수를 간소하게 해 먹고, 설거지 또한 5분도 안 걸려 끝내는, 별것도 아닌 것에서 누리는 소소한 기쁨도 없었다. 어쩌다 간혹 누렸던 해방감이나 자유는 어디까지나 '곧 있으면 들이닥칠' 딸들이나 남편을 마주하기 전, 잠깐 누린 것뿐. 드라마 속의 엄마는 뿔만 났지, 우리 엄마는 그 뿔이 아예 곪아 터져버린 셈이었다.

부쩍 자주 늘어난 엄마의 분노를 가족들이 치매를 의심하며 좀 더 일찍 대처를 했으면 좀 나았을까? 그렇지만 엄마가 한번 화가 나면 가족들 혼을 빼놓기에 막상 그 상황이 되면 엄마를 피하거나 상대하느라 여념이 없다. 치매는 엄마 주위를 어슬렁거리며 틈을 보다가 똬리를 틀고 앉아 영역을 점차 넓혀갔다. 나는 예전에 살던 동네 근처로 원룸을 얻어 뒤늦게 혼자 사는 자유를 누리면서도 일

주일에 한 번은 꼭 엄마 아빠한테 갔다. 갈 때 가끔 빵이나 아이스크림 등을 사갖고 가곤 했다.

"얘, 우리 아이스크림 먹자. 너 아까 사 왔지?"

"그건 또 어떻게 아네?"

"얘가……, 내가 왜 모르니?"

눈을 흘기는 엄마를 보며 베시시 웃었다. 그렇지만 2개나 연이어 먹어놓고 TV를 보다가 봉지랑 막대를 치우고 나니 10분도 안되어 아이스크림을 또 찾는다.

"엄마, 이거 3개째야. 또 먹으려고?"

"그럼 2개나 먹었다고? 내가? 아냐, 너 거짓말하지 마~"

"진짜야. 엄마 조금 아까 녹차 아이스크림 다 먹고 바닐라도 먹었어."

웬일로 아이스크림을 자꾸 찾나 싶었다. 엄마는 잠시 생각에 잠기지만 자신이 먹은 것 같지 않은지 자꾸 갸우뚱했다. 시간이 지날수록 점점 딸들이 사다 드린 탕이나 국, 반찬 등을 간단히 끓이고 꺼내만 드셨지만, 몇 달 전만 해도 막내딸이 메모해 놓은 순서에 따라 시금치된장국을 끓이곤 했던 엄마였다. 몇 주가 지나서 메모가 그냥 있길래 익숙해졌겠지 싶어

"이거 이제 버려도 되지?"

하면서 버리려 했다. 근데 엄마가 그걸 얼른 내 손에서 뺏어 손에 쥐었다가 통에 도로 꽂아둔다. 놔두라고, 또 본다고.

"아니, 뭘 또……."

말하다가 입을 다물었다. 딸한테 엄마가 시금치된장국 끓이는 것도 잊어먹어서 자꾸 봐야 하는 걸 감추고 싶은 거였다. 아빠는 내게 조용조용 일러주곤 했다, 엄마 자존심 좀 지켜달라고. 그래도 그때만 해도 엄마의 의지는 살아있었다, 비록 예전만큼은 아니어도.

"엄마! 또 화장실 불 켜놨네?"
"엄마, 왜 변기 물도 안 내리고 그냥 나와?"
"또 그러네? 왜 자꾸 물도 안 내리고 불도 안 끄고 다니는데?!"
"아, 몰라! 내가 언제 그랬다고 넌 자꾸 그러니!!"

아직 엄마 아빠와 같이 살 적에, 치매 초기가 지나면서 점점 증상이 더해지는 엄마를 대하는 게 익숙지 않았던 나는 번번이 화장실을 갈 때마다 맞닥뜨릴 수밖에 없는 불편한 상황에 미간이 찌푸러지며 화장실을 나오면서 했던 얘길 또 하고 또 했다. 엄마는 자기가 그랬다는 사실에 수치심에 달아올라 속상한 나머지 한껏 화를 내고 집이 다 울리도록 방문을 쾅 닫고 들어가 버렸다. 내 딴엔 자꾸 알려줘야 잊지 않겠다 싶어 그랬던 건데 오히려 역효과를 불렀던 거였다. 아빠는 엄마로 수치심을 느끼게 한다며 나를 나무랐다, 엄마가 잘못한 거 자꾸 지적하지 말라면서. 시간이 지날수록 과일이나 사 온 케익을 담으려 꺼낸 접시나 그릇에 음식물이 군데

군데 묻어 있어서 다시 닦는 일이 하루하루 늘어갔고, 접시 가지러 갔다가 왜 설거지를 하고 오냐며 의아해하는 엄마 얼굴을 보는 날도 늘어갔다. 나보고 힘 됐다 어디다 쓰려 그러냐며 빡빡 문질러 잘 닦으라면서 그릇들을 뽀드득 소리 나도록 닦던 엄마는 어디 가고 마치 마술이라도 부리듯 자기 손만 슥 스치기만 해도 그릇이 깨끗해지는 것처럼 흐르는 물에 손으로 한, 두 번 슬쩍 문지르고는 건조대에 올리고는, 자기가 깨끗이 다 잘해놨으니 손도 대지 말라며 내 등을 떠밀기도 했다. 그 덕분이라 해도 될지 모르겠지만 오후나 저녁때 잠깐 들른 딸들은 아빠와 엄마가 뭘 드셨는지 마른 그릇에 묻은 것만 봐도 알았다. 엄마도 엄마지만 아빠와 나 역시 엄마의 치매 증상으로 두드러지게 나타나는 것들을 삶의 한 일부로 받아들이면서 익숙해져 별일 아닌 것처럼 지내기까지 시간이 필요했다, 더 이상 지난날의 엄마를 더듬지 않기까지. 그래도 예전보다 엄마로 인해 웃는 일이 점점 자주 생기면서 엄마는 아빠와 나로 마음이 풀어지게 하기도 했다. 예전의 엄마 따로, 치매에 걸린 엄마 따로 이렇게 나누어 대하는, 그런 이질적인 것이 아니라 그냥 우리가 아는 '우리 엄마'에 치매가 좀 더해진 것 단지 그것뿐으로. 그래서 아무렇지 않게 자꾸 금방 잊어먹는 엄마를 위해 다시 이야기해 주고, 또 이야기해 주고, 잠시 후 엄마가 같은 상황을 또 반복하면 이제 막 처음 얘기하는 것처럼 다시 얘기해 주곤 했다, 마치 서로 약속이라도 한 듯. 엄마가 자신이 치매란 걸 인지할 필요도 없이 그냥 그 모습 그대로 삶의 하루하루가 이어지는 것뿐이다. 그리고 그로 인해 웃지 않고 못 배길 일도 하나 둘 늘어났다.

"걔가 웃더라?"
　집에 왔다 간 큰딸이 부엌 전자레인지 위에 가지런히 모아놓은 큼직한 흰콩, 빨간 콩, 초록초록한 강낭콩, 고추 등을 보고서 아무 말도 하지 않고 히득 웃더라는 얘길 엄마는 의아한 듯 말했다. 아직 걸음걸이가 불편하지 않았을 때 엄마는 언제부턴가 아파트 근처에 아빠랑 산책하러 나갔다가 혹은 쓰레기 버리러 나갔다가 들어오는 길에 꼭 잠바 주머니나 한쪽 옷섶에 풀꽃들을 꺾어 행여나 누가 보고 뭐라 그럴까 숨겨갖고 들어오기 시작했다. 그것도 그럴 것이, 한 번은 어떤 아주머니가 지나가다 꽃가지를 꺾는 엄마에게 뭐라 했다며 야단맞은 아이처럼 대문이 열리면서 눈이 둥그레 갖고 들어온 적이 있었는데, 같이 나갔던 아빠는 혼났다며 재밌어 했다. 신발을 벗고 들어서는 엄마 손엔 샛노란 개나리 가지 작은 거 하나 들려있었다. 엄마는 그 아줌마 때문에 큰 거 못 꺾었다며 꽂아놓은 작은 개나리를 보면서 자꾸 아쉬워했다. 그래서 마루 스피커 위 조그만 꽃병에는 노란 개나리가, 분홍 진달래가, 한여름에는 앙증맞은 작은 풀꽃이나 솜털이 오송송 돋은 초록빛 강아지풀이 꽂히기 시작했고, 가을로 접어들면서는 노랗고 빨간 은행잎과 단풍잎, 빨강, 보라색 작은 열매가 달린 풀이 폼나게 꽂히게 됐다. 그래서 딸들은 꽃 꺾어오지 말라며 한, 두 번은 꽃 화분을 놓거나 생화를 한 다발 사 와 꽂아두기도 했다. 그렇지만 어디까지나 그건 딸들의 생각이었다. 엄마는 꽃이 갖고 싶어서 그랬던 게 아니라 요렇게 저렇게 꺾어다 당신이 꽂아놓는 재미로 그랬던 거였다. 그러던 것이 어느 따뜻한 초여름이었던가……, 꼭 붙잡고 들어온 옷섶에서 여러 가지 색의 콩들이며 고추 몇 개가 쏟아져 나왔다.

"이게 뭔지 모르겠다."

엄마는 빨간 빛을 살짝 머금고 있는 초록 고추랑 같이 나란히 놓여있는 올록볼록 길쭉한 자루를 가리켰다.

"엄마, 이건 강낭콩이야."

"그래?"

엄마는 조금도 망설이지 않고 칼을 꺼내 아직 여물지 않아 꽉 다물고 있는 자루를 짜갰다. 엄마의 무지막지하면서 투박한 손가락으로 자루를 벌리자 채 크지 못한 오돌오돌한 초록 콩들이 무슨 일이냐며 놀란 눈으로 엄마와 나를 쳐다봤다. 이 웃지 못할 일은 사진 문자와 함께 전파를 타고 언니들한테 건너갔다.

『이게 뭔고 하니, 엄마가 쓰레기 버리러 나갔다 들어왔는데 가디건 속에 뭘 숨기고 왔어. 엄마 왈, 좀 있길래 따왔다, 왜! 그래서 아빠랑 내가 남의 집 텃밭에 있는 거 훔쳐갖고 온 거라고 했더니 엄마 왈, 뭘 훔쳐 오냐~ 다 같이 먹으려고 해놓은 건데~~~ 어이 하노~^^;』

가족이 하나같이 실소를 터트리며 웃어도 정작 엄마 본인은 천진난만하게 태연스레 왜 그러냐고 물어 한 번 더 웃는 일이 생기곤 했다.

또 다른 날 한 번은, 엄마 방에 못 보던 가방이 하나 놓여 있던 적이 있었다. 들어서 별로 폼도 안 나는, 딱 봐도 우리 가족의 취향과는 동떨어진 새것도 아닌 가방을 뭐 하러, 어디서 갖고 왔을까 싶어 물었다.
"엄마, 이 가방 뭐야?"
"나, 아빠랑 네 꼴 보기 싫어서 나가려 그런다."
"뭐? 어디로? 아, 아빠는 어딨어?"
"아빠? 내가 알게 뭐냐? 너 인터넷으로 집 구하는 거 알지? 내가 갈 집 좀 구해줘 봐."
놀라서 버벅대는 내게 엄마는 아무렇지도 않게 말했다. 급하게 아빠 방으로 가니 아빠는 침대에 드러누워 잡지를 보고 계셨다. 아빠는 엄마의 그러는 행태를 시위하는 거라며 그냥 그러려니 하고 말란다. 무슨 생각으로 엄마는 아빠한테 집 나가 혼자 살겠다고 그랬던 걸까? 혹시 예전의 살림살이에 지긋지긋해하던 화가 잔재로 남아있는 걸까? 그래서 불현듯 집 바로 앞에 나갔다가 누군가 버린 말짱해 보이는 가방을 주워 들고 왔던 걸까? 그 후로 그 일이 흐지부지됐다가도 엄마는 뭔가 자기 마음에 안 들면 금방이라도 집을 나갈 듯 불쑥불쑥 그 가방을 꺼내놓곤 했다. 그랬던 그 가방을 놓고 어느 날인가 엄마는 나를 불렀다.

"얘, 이 가방 뭐니? 왜 여깄니?"

"어? 글쎄, 그게 거기 있었어? 못 보던 가방이네? 엄마, 이런 가방 있었어?"

"몰라~"

정말 모르는 뚱한 얼굴을 하는 엄마와 마주 보다가 나는 웃음이 터졌지만 얼른 시침 뚝 뗐다. 종종 느닷없는 엄마의 태연한 개그로 웃을 일이 많아지니 엄마가 치매여서 꼭 슬프게만 지낼 일도 아니었다. 좋다 봐야 할지, 나쁘다고 봐야 할지 모르겠지만, 엄마도 자신이 바라던 대로 모든 지겨운 집안일에서 놓여나 바로 방금 있었던 일조차 금세 잊어먹는 게 일상이 되어갔다. 그러니 아빠 말마따나 집 나가려고 시위했던 게 생각이나 날까? 그날 집에 돌아가는 길에 아파트 단지 내 비치된 재활용 수거함에 원래 그 자리였던 것처럼 문제의 가방을 툭 던졌다. 스스로도 어떻게 생긴 건지 모르는 가방을 나더러 갖다 버리라며 조금의 미련도 없었던 엄마 얼굴은 길을 걷다가도 자꾸만 떠올라 혼자 웃게 했다. 그렇게 하루하루의 일상에서 생기는 크고 작은 일들은 더 이상 엄마의 기억 속에 담기지 못하고 튕겨 나가며 바스러졌다. 삶을 살아가던 혹은 살아내던 인간이 떠날 때가 되면 진득하게 그 곁을 맴돌며 들러붙어 있던 것조차 떨어져 나가는 소리도 없이 사라져가는 건 어쩌면 삶이 마지막 순간에 인간에게 베푸는 최상의 고요한 예우인지도 모른다는 생각을 한다. 그가 삶의 순리에 순응하며 살았건, 발악을 하고 살았건 간에…….

점차로 시간을 두면서 하나하나 빠르게 잊어가는 엄마로 아빠는 엄마 혼자 집 보는 일 없게 나가실 일이 있으면 막내딸과 통화를 하거나 카톡을 하셨다. 나는 당시 출근하는 일 없이 재택근무로 있어서 할 수만 있으면 시간을 맞춰 아빠와 교대로 엄마랑 같이 시간을 보냈다. 점심을 간단히 차려 먹고서 엄마랑 소파에 나란히 앉아 TV를 보다가 별로 재밌지가 않아 여기저기 채널을 돌리던 중 엄마는 좋은 생각이 떠올랐다는 듯이 눈을 반짝이며 물었다.
"얘, 우리 목욕탕 가지 않을래?"
"그럴까? 엄마, 목욕탕 가고 싶어?"
"왜, 넌 가기 싫으니?"
"아니, 상관없어. 뭐 볼 것도 없는데 따끈하게 목욕탕 가지, 뭐."
"그래. 가자, 가자."
"엄마, 갈아입을 속옷 넣어야지."
"그래, 내가 그것도 잊어버릴까 봐?"
엄마는 살짝 눈을 흘기며 문갑에서 꺼낸 속옷을 목욕 가방에 집어넣었다. 목욕탕 앞까지 가는 마을버스는 급경사진 언덕길을 단숨에 올라 엄마와 나를 내려줬다. 따뜻한 하얀 수증기가 가득한 목욕탕에서 엄마와 나는 따끈따끈한 목욕물에 몸을 담그며 세상 편안해했다. 천국이나 다름없는 나른함은 물론, 온몸을 감싸는 따뜻함은 몸 속속들이 뭉쳐있는 긴장된 근육이나 조직들을 부드럽게 풀어줘 두 눈을 스르르 감게 했다. 한 시간 가까이 따끈한 목욕물에 몸을 맡겼던 엄마와 나는 채 털어지지 않은 옅은 허연 김을 솜털처럼 날리며 탕에서 나와 풀어진 몸을 하얀 플라스틱 비치 의자에 뉘어 주었다. 때를 밀기 위해 나른함에 빠진 몸이 다시 정신 차릴 시간을 줘야 했다. 그렇지만 그건 잠깐이었다. 곧 그럴 필요가 없다는 걸 깨달은 나는 충격을 받았던 그 날로 돌아간 채 몸이 다 식도록 긴 의자에 누워있었다.

여느 때와 같이 뜨끈뜨끈한 탕에서 나온 나는 열심히 몸의 때를 밀었다. 따뜻한 물에 불린 때는 시원하게 잘 밀려서 열심히 미는 보람을 느끼게 해줬다. 옆에 앉은 엄마도 때타올에 비누를 살짝 묻혀가며 열심히 밀고 있었다. 엄마의 등을 밀어줄 때가 되어 늘 하던 대로 잔뜩 힘을 주고 벅벅 밀었다.

"아! 아! 아야! 아퍼, 아퍼~!!"

처음엔 엄마의 그런 반응이 이상해서 나는 엄마가 왜 그러지? 하면서 대수롭지 않게 여기며 다시 힘주어 밀어댔다. 그렇지만 엄마는 한, 두 번 만에 몸을 잔뜩 웅크리며 정말 아파했다.

"아, 아! 아퍼~어~"

"엄마! 아퍼?"

"그래, 너 너무 세. 아퍼~"

"정말?"

"얘가……! 너 내 등 밀지 마."

토라진 엄마한테 나는 너무 놀란 나머지 잠시 머릿속이 하얘졌다. 엄마가 이게 아프다? 이게 대체 뭐지? 가까스로 정신을 가다듬은 나는 엄마를 달래어 다시 등을 밀었다.

"이렇게? 어때?"

"그래도 아퍼~"

"그럼 어떻게? 이렇게? 이렇게?"

"그래, 응. 그렇게."

평소 밀었던 것에 비하면 그저 때타올 낀 손이 왔다 갔다 하는 정도였다, 때를 민다고도 할 수도 없는. 당신의 등을 다 밀었다 싶은 엄마는 내 등도 밀어주겠다며 나를 돌려 앉혔다. 좀 전의 여운이 가시지 않은 나는 때타올 낀 손으로 딸의 어깨와 등을 살며시 쓰다듬고 다독거리는 엄마의 손길에 또 한 번 충격에 휩싸였다. 엄마는 다 밀었다며 내 등을 두드렸다.

"다 밀었다고? 아니야, 여기도 안 밀었고 여기도 안 밀었어."

"얘가……, 자, 됐지?"

그 와중에 나는 뭘 확인하고 싶었던 걸까? 다 밀었다는데도 등의 위아래 여기저기 짚어대는 딸을 엄마는 마지못해 한 번 더 밀어준다, 어루만지고 쓰다듬으며…… 때를 미는 게 아닌 다독이는 엄마한테 나는 정말 많이 놀랐다. 그렇지만 그 후에도 목욕탕을 갈 때마다 나는 철부지처럼 몇 번이나 엄마한테 등을 들이댔다. 내 등을 어루만지며 다독이는 세상에서 단 하나뿐인 손길이 그리울 테니…… 언제가 될지 모를, 금세 오늘 내일이면 다가올 그 날이 오기 전, 더는 손잡고 같이 목욕탕을 못 오게 되기 전, 지금이 마지막이 될지도 모른다는 생각으로 다독이는 엄마의 손길을 붙잡았다.

"다 안 밀었어~ 여기도, 여기도 안 밀었잖아. 밀어줘~"

어려서 그리고 성인이 되어서도 나는 결혼한 언니들보다 엄마랑 목욕탕을 제일 많이 다닌 딸이었다. 탈의실을 들어서면서부터 목욕 후 신발을 신고 나가는 순간까지 엄마는 전쟁터의 용사로 돌변했다. 후딱 빨리 한 번에 입고 벗으라며 늘 볶아댔다. 몸이 약한 딸이 다른 곳에서 모든 것이 느린 걸로 다른 사람들한테 짐이 돼서 피해를 줄까, 혼자 뒤쳐질 게 뻔한 염려를 늘상 귀에 딱지가 앉도록 얘기하곤 했다. 추운 겨울에 올 때도 나는 두꺼운 외투를 벗어 집어넣는 중인데 엄마는 벌써 속옷을 홀라당 벗고 있었다. 목욕을 끝내고 나와서는 물기 닦고 바디로션을 막 다 바른 내 눈에 들어온 엄마는 벌써 옷을 다 입고 가져온 로션을 얼굴에 바르고 있었다. 같이 나와서도 이렇게 느려터지니 나가서 누가 널 좋아하고, 뭘 하겠느냐는 거다. 그렇지만 엄마나 언니들처럼 언제나, 항상 빨리 하는 건 내게 너무 힘들고 기운이 달린 거였다. 내게 버겁고 힘들 거란 걸 알지만 엄마는 나로 하여금 하게 해야 했다, 나를 위해서…… 그 때문에 가끔 집을 떠나서 학교에서 소풍이나 수련회를 가거나 몇 개월을 단체 생활할 때 무슨 일이 생겨 시간이 지연되거나 착 가라앉는 분위기가 생겼을 때 누구도 뭐라 하는 사람 없는데도 눈치를 보며 '나 때문에……?' 하는 생각에 습관처럼 빠지게 되는 일이 많았다. 이것 또한 여기서 스스로가 헤어나는 힘을 갖기까지 정말 많은 시간이 걸렸다. 평소에 황소처럼 드센 엄마의 의지는 때를 밀 때도 예외는 아니었다. 때문에 나는 한켠에 따로 마련된 더운 수증기가 가득한 사우나실보다 엄마가 더 숨 막혔다. 때가 나오니까 때를 밀러 목욕탕을 온 건데 때가 나온다고 야단을 쳤다.

"여자애가! 어떻게!!"

화가 나 목욕탕의 수증기보다 더한 숨을 내뿜으며 어금니를 앙 물은 엄마는 딸의 몸에서 나오는 때를 보고 눈을 치켜떴다. 마치 여자는 항상 청결해야 해서 몸에서 때가 나와선 안 되는 것처럼. 엄마의 감정을 고스란히 실은 때타올로 덮인 손은 내 살갗은 고사하고 뼈를 뚫기라도 할 듯 너무나 아팠다. 시원하게 때 밀러 와서 늘상 전쟁이라도 치르듯 한바탕 하고는 엄마의 기세에 눌려 겨우 끝난 목욕이 기분 좋을 리 없었다. 더는 때가 안 나오기까지 밀고서야 해방되는 그 기분을 뭐라 표현해야 좋을지 몰랐다. 가끔 어쩌다 때가 덜 나오면 마치 무슨 큰 상이라도 받은 듯 얼마나 마음이 가벼웠던지…… 건성피부의 밀린 때는 심하면 때를 너무 밀어서 피부가 일어나기 직전까지 끝도 없이 나올 때도 있다. 그래서 때 미느라 기운이 다 소진되기도 한다. 이렇듯 숨 막히는 목욕 후에는 언제 무슨 일 있었냐는 듯 시원해하며, 나보고 기분 좋지 않냐고 명랑한 아이처럼 묻는 엄마의 저의가 뭔지 파악하기 힘들 때도 있었다. 나중에 몸이 다 자란 성인이 돼서야 가끔 엄마나 나나 때밀이 아줌마한테 부탁하고 편하게 밀기도 했다. 목욕탕이란 곳은 미성년자를 가리는 그런 곳도 아니어서 엄마랑 같이 가는 목욕탕이 숨이 턱턱 막히게 힘들면 굳이 그럴 필요 없이 혼자 가도 되자 않냐는 생각이 들 때까지 엄마랑 같이 갔던 곳은 엄마의 동행이 있어야만 갈 수 있다고 생각했던 게 꽤 오래 자리 잡았던 것 같다. 한, 스무 살 가까이? 물론 강박적으로 꼭 그랬던 것은 아니었다. 가끔은 내 용돈 아끼느라고 엄마 입에서 목욕탕 간다는 소리가 떨어지길 기다렸던 적도 있었다. 엄마는 엄마니까 그랬다고 쳐도 훗날 내가 나를 돌이켜 봤을 때 내가 왜 그랬을까 싶은 건 그 무엇인가에서 헤어나는데 한참이 걸린다는 거다. '그 무엇'이라는 게 사람이 될 수도, 어떤 익숙한 상황일 수도, 물건일 수도 있다.

  그렇게 익숙하게 드셌던 손이 가만가만 다독이고, 재빠르게 옷을 입고 벗었던 엄마는 이제 온데간데 없다. 어제 다르고 오늘 다른 게 너무나 확연하게 보이는 엄마한테 내색을 안 해야 했다. 옷을 벗기 힘들어하는 걸 도와 드리다가 엄마가 자기가 한다고 고집부리면 그냥 기다렸다. 그러던 게 좀 지나니 막 목욕을 다 끝내고 같이 나와서는 물기 닦을 생각도 하지 않고 평상에 그냥 맨몸으로 앉아있는 엄마가 눈에 들어오게 됐다. 목욕을 마치고 나와 기운이 빠져서 그러는지 멍하니 있다가 나를 쳐다본 엄마는 '닦아야지……' 하며 수건으로 몸을 닦는 시늉을 한다. 더는 말 않고 내 속옷을 얼른 입고서 엄마부터 물기 닦고, 로션을 바르고, 옷 입는 걸 돕고, 이제 신발만 신고 나가면 되게 해드리고서 서둘러 내 옷을 마저 입고 나갈 준비를 했다. 다리도 약해져서 시장도, 가까운 슈퍼에서 남편과 딸이랑 같이 카트에 의지해 천천히 걸으며 장을 보는 것도 더는 못하게 된 엄마가 유일하게 하고자 하는 목적을 이루었던 것이 목욕탕 갔다 오는 거였다. 하지만 그 후로 두어 번인가를 더 다니다가 코로나가 기승을 부리면서 그마저도 못 가고 집에서 샤워만 하시다가 실버타운에 들어가신 거다.

　언제였나, 코로나 거리두기가 풀렸을 즈음 뜨끈한 목욕물이 그리워 가까운 동네 목욕탕에 갔었다. 평소에 잘 다니던 곳이었기에 별 생각 없이 갔다. 그렇지만 생각처럼 그 시간은 그리 가벼이 지나가지 않았다. 영혼마저 잠재울 것 같던 뜨끈뜨끈한 탕에서 나온 따뜻한 몸이 맡아둔 자리에 쪼그리고 앉으면서 시간은 멈춰진 듯했다. 거울과 거울 사이의 투명 가림막으로 보이는 건너편에 앉은 세 모녀가 내 시야를 붙잡았다. 쪼그려 앉은, 조금 큰 딸의 등을 밀어주는 엄마와 무슨 얘길 그리 재밌게 하는지 연신 키득거리는 열일곱, 여덟 즈음 되어 보이는 앳된 두 딸들이다. 나와 아무 관계없는 처음 보는 저들에게서 나는 살랑살랑 가벼운 공기가 떠도는 걸

느낀다. 딸의 등을 밀던 엄마가 네 때 좀 보라고 하자 딸은 자기 몸에서 나온 때를 손가락으로 집어 들고서

"우와~, 왕 크네?"

"우왓, 대박!"

까르르 웃는다. 때를 밀어주던 엄마도 두 딸의 장난에 딸의 등을 치며 마지못해 웃는다. 그들이 있는 자리에서 맞은편 너머에 앉은 나는 다리를 열심히 힘주어 밀면서 피식 웃었다. 그렇지만 내 몸이, 내 피부가 천천히 서늘해져 갔다. 그리고 내 눈에는 눈물이 고였다. 저들에게 있는 게 이제 내겐 없다는 것…… 이젠 다시 돌아오지 않을 시간이라는 것…… 다독다독 어루만지던 그 손이 내겐 마지막이었다는 것…… 언제가 마지막이 될지 모를 그 날을 붙잡아두려 했던 것이 갑자기 끊겨버린 걸 내 몸은 선명히 기억하고 있었던 거다. 하얀 수증기가 가득한 따뜻한 목욕탕에서 속에서부터 스멀거리고 올라오는 서늘한 기운을 따뜻한 물로 잠재우려 연신 끼얹었다. 맞은편의 모녀는 딸 하나가 저희 엄마 등을 밀고 있다. 바가지에 가득 담은 뜨끈한 물세례를 맞은 얼굴로 거울 속의 나를 본다. 새어 나오는 울음을 참느라 분홍빛으로 부푼 입술과 부은 눈과 코가 얼렁얼렁 거울에 비친다. 우는 내 얼굴과 마주한 나는 거울 속의 나를 물기 젖은 손으로 쓸다가 이내 새어 나오는 울음을 참지 못하고 두 손으로 얼굴을 감싼다.

'어어…… 어어헝…… 흐…… 흐…….'

"저어, 저. 아가씨, 아가씨."

"아, 네, 네?"

우느라 누가 옆에 왔는지도 몰랐다가 황급히 물을 얼굴에 끼얹었었다.

"미안하지만 나 등 좀 밀어줄 수 있어요?"

"아, 네, 네."

"아이고, 참 미안해요."

약간 풍채가 있는 할머니가 내가 곧 오리라 하며 자기 자리에 가 앉는다. 이윽고 자기에게로 다가온 내게 때타올을 주며 등을 들이댄다. 얼른 밀어드리고 끝내려는 생각에 손에 힘을 주고 시원하게 밀어드리려다 멈칫한다.

"아유, 아파, 아파."

"아프세요?"

"좀 살살."

"이렇게요?"

"응, 응, 그렇게요."

아프다며 몸을 움츠렸던 할머니가 손에 힘을 빼자 편안히 등을 맡긴다. 채 가시지 않은 속울음을 지그시 누르며 묵묵히 때를 밀어드렸다, 그저 손만 왔다갔다 하며……. 어깨와 등, 허리까지 가볍게 밀어드리고 비누칠까지 해드리고 나니 할머니는 연신 고마워하셨다. 별로 힘들인 것도 없었는데 내 자리로 돌아와선 탈진한 것 같이 기운이 빠진 건 뭘까? 언제 갔는지 세 모녀가 있던 자리엔 빈 대야와 바가지들만 덩그러니 놓여있다. 뭐 하러 이곳에 왔나 잠시 멍 때리다가 자꾸만 속에서부터 차가워지는 몸에 얼른 물이 뜨끈해지도록 세게 틀어 연신 몸에 끼얹어댔다. '정신 차려야지, 정신 차리고 집까지 잘 가야 한다, 정신 차려라, 정신! 정신!!' 행여나 목욕탕에서 무슨 일이라도 생길까 차가운 물로 얼굴을 비비며 안간힘을 쓰던 나는 후두둑 떨어지는 눈물로 걷잡을 수 없는 울음을 터트리고 말았다.

"어허헝~, 허엉, 허..엄마..아~, 엄마아~, 엄마~"

행여 무슨 일 났나, 누가 올까 싶어 차마 마음 놓고 울지 못하고 손으로 입을 막았지만, 내 살갗을 스며들던 엄마의 훈기와 부드럽게 맞닿았던, 내 피부가 기억하는 엄마의 부드러운 피부감촉, 엄마 냄새, 점점 힘이 없어지는 다독이던 손, 나오는 때를 보며 놀란 척 쳐다보던 서로의 눈, 날이 가고 시간이 갈수록 엄마라고 부를 날이, 더는 불러도 왜? 하며 나를 봐주던 얼굴을 못 볼 날이 서서히 다가오고 있는 걸 온몸으로 속속들이 느끼며 울음은 걷잡을 수 없이 새어나갔다. 맞닥뜨리는 모든 일들을 순순히 받아들이고 넘길 나이도 한참 지났건만 여물지 못하고 성숙치 못한 내 속은 흘리는 눈물로 젖어들었다. 따끈하게 받아놓은 대야의 물이 다 식도록 한참을 울던 몸은 스산한 한기에 부르르 떨어야 했다. 저녁시간이 가까워지면서 돌아간 사람들로 한산한 목욕탕에는 두, 세 사람뿐이었다. 힘든 시간을 겨우 추스르고 나와 옷을 입으면서 마치 거칠게 밀려 온 파도가 모래를 촤악 쓸어가듯 쓸린 내 속을 다독이며 진정시켜야 했다. 평소 같았으면 벌써 집에 들어가 대자로 뻗어 기분 좋게 쉬고 있을 시간이었다. 사물함 문짝의 거울을 보니 너무 울어서 퉁퉁 부은 얼굴이 젖은 눈으로 나를 쳐다봤다. 얼른 집에 가고 싶었다. 맨 정신으로 무사히 가기 위해 정수기의 찬물을 몇 번이나 들이켰다. 그리고 옷만 입은 젖은 머릴 하고 자전거 페달을 밟았다. 밖은 벌써 저녁 어스름이 하늘을 덮고 있었다. 문을 열고 집에 들어선 나는 그대로 침대로 향했고, 무겁게 젖었던 눈꺼풀은 저절로 감겼다. 그렇게 얼마나 잤는지 눈을 떴을 땐 자정이 넘어 있었다.

*

나이가 더 들면서 전에는 이해하기 힘들었던 것들 하나하나가 소리도 없이 내게 다가와 손을 내밀기 시작했다. 일제강점기에 태어나 순수하고 예쁜 우리말 이름이 아닌 창씨개명의 흔한 일본식 이름을 하고, 해방되기 무섭게 한국전쟁으로 피난 시절을 보낸 엄마는 춥고 배고프면 얼마나 고통스럽고 슬픈지 생생히 겪어야 했다. 자식 하나라도 잃지 않으려 허리줄을 이어 묶어 피난 행렬을 뒤늦게 따라가는 엄마(외할머니, 징집을 피하느라 다른 아버지들과 먼저 떠난 외할아버지는 다행히 나중에 다시 만남) 잃지 않으려 기를 쓰고 열심히 따라갔던 것, 자기보다 더 어린 갓난아기가 피난길에 포대기에 쌓인 채 버려지는 걸 봤고, 사람이 원한에 맺히면 어떻게 변하는지, 당시 죽은 사람을 산처럼 쌓은 시체 더미에 기름을 부어 태우던 거며, 진동하던 시체 썩는 역한 냄새와 들끓던 구더기들 그리고 전쟁 중인 우리나라 도와주러 왔다가 적군에게 붙잡혀 발가벗겨 포승줄에 묶여 포로로 끌려가던 외국 군인들······. 예닐곱 살 어린 엄마에게 보이고 들려지던 것들은 강렬했던 만큼 짙은 여운을 남기며 짤막짤막 기억의 창고에 모아졌다. 이런 많은 부분이 엄마에게 아무런 정서적인 영향을 끼치지 않았을 거라고는 보지 않는다. 우리 집 딸 셋은 공통적으로 어렸을 때 집에 낯선 이나 우리가 모르는 손님이 방문했을 때 방으로 들여보내던 경계심 서린 엄마의 얼굴을 기억한다. 딸들을 보호하기 위해서였겠지만 단순히 그것만이라고 보기엔 섬찟할 무서움증을 심어줬다.

"나는 우리 어렸을 적에 집에 모르는 누가 왔을 때 엄마가 필요 이상으로 그러는 게 좀 이상하고 무서웠어."

"어, 맞아. 말도 못 붙이게 무섭게······!! 이러면서."

"그래? 내가 그랬니? 모르겠네. 나는 잘 생각이 안 난다. 내가 그랬니?"

무서웠던 엄마 얼굴을 흉내 내도 엄마는 그런 딸들의 표정을 보면서도 정말 모르는 얼굴이었다. 그렇지만 가끔은 잡아뗀다는 생각이 들 때도 있었다. 왜냐하면 무서웠던 눈빛이 너무 생생했기에…… 그리고 엄마의 입에선 '죽음'이란 단어가 떠나질 않았다, 화나는 일이 있거나 격분할 때는 특히. 어렸을 적에 엄마의 부당함에 큰소리로 화를 내거나 내 원대로 되지 않아 속상한 나머지 소리 내어 울면 엄마는 소리쳤다.

"애! 너 엄마 죽었니? 죽었어? 저 옆집에서 들으면 엄마 죽은 줄 알겠다!"

"누가 들으면 이 집에 초상 난 줄 알겠다!"

"누가 들으면 이 집에 짐승이 울부짖는 줄 알겠어!"

"너 그따위로 할 거면 나가 죽어!"

"내가 나가 죽으련다!"

"내가 내 속을 찢어발겨서 죽어버리고 싶다, 죽어버리고 싶어!!"

이런 식이었다. 저 정도까진 아닌데 왜 저렇게까지 해야 할까 싶었지만 마음만 더 눌릴 뿐 해결책은 아무것도 없었다. 그리고 나한테 써먹던 '도망간다'는 격분하면 '죽으러 간다'로 바뀌었다.

"엄마, 어디 가~?"

"엄마라고 부르지도 마러! 나 네 꼴 보기 싫어 죽으러 간다!"

엄마의 지난 어린 시절에 선명히 각인된 '죽음'이란 단어는 마치 흰옷에 튄 진한 먹물자국처럼 영영 지워지지 않는 얼룩이 돼서 엄마가 격분할 때면 여지없이 그 존재감을 드러냈다. 엄마의 특이한

다른 하나는, 딸들이 어려서나 다 커서나 서로 싸울 일이 있거나 언성을 높일 때면 입을 꽉 다물고 아무 소리 없이 부리나케 방방이 다니며 창문과 방문을 닫는 것이었다. 화가 난 마당에 반감을 더 샀던 엄마의 행동은 아마도 전쟁 중이었던 그 시절 집집이 위기상황에서 대처했던 형태였을 것이다. 우리 외할머니, 외할아버지는 한 방에 올망졸망 모아놓은 어린 자식들을 지키기 위해 얼마나 피 말리는 시간을 보내셨을까? 말로 다 할 수 없으리라. 그 상황이 엄마에겐 역으로 작용했던 것 같다. 그 당시의 감돌던 무거운 공기, 먼 곳에서부터 들리던, 땅을 뒤흔들며 쏴대던 총소리와 대포 소리, 행군하는 군홧발 소리……. 혹시 모를 낯선 이의 접근을 막고자 집안의 문이란 문은 다 닫고 빈집인 것처럼 행여 숨소리조차 들리지 않게 차단했던 걸, 집에서 싸우느라 큰소리 나고 우는 소리가 옆집이나 이웃에 들리지 않게 막는 거였다. 나는 그런 엄마의 행태와 비장한 얼굴 표정을 보며 뭔가 옥죄어오는 기분이 들거나 고조된 긴장감을 느끼곤 했다. 전쟁 시기에 각인된 시각적인 현상 또한 세월이 제법 많이 흘렀어도 그 시대에 머물러 있는 것 같다. 이를테면 일제강점기의 일본 순사나 한국전쟁 시 인민군이 한쪽 팔에 차고 다니던 완장이나 모자 등이 대표적인 것 같다. 내 기억에도 막 10대, 20대 때 패션으로만 보고 입었던 옷들 중 팔뚝에 넓은 띠 두르듯 하나나 두 줄로 그어진 걸 내 딴엔 괜찮아서 입었던 적이 있었는데 엄마가 별로 좋아 안 했던 것 같았다. 그리고 장례식을 떠올리게도 해서였다. 장례식을 떠올리는 건 아빠도 마찬가지였다. 앳된 딸의 반짝이는 검은 머리카락에 하얀 게 뭐라도 있는 자체를 용납 안 하셨다. 아주 가끔은 그런 걸 생각 못하고 이런 건 괜찮겠지 싶은 마음에 예쁘고 깨끗해 보여서 리본 삔이든지 고무줄이나 헤어밴드라든지 했다가

"너 엄마 아빠가 죽었냐?!"

하는 바람에 갑자기 불에 데인 것같이 혼쭐났던 적도 있었다. 전쟁 시기에 얼마나 많은 사람들이 죽어 장례를 치르면서 통곡을 하고 울부짖는 침울함을 수도 없이 보고 겪었을지는 당사자들이 아니고는 말하지 못하리라. 그리고 엄마는 모자 달린 옷이나 따로 모자를 멋으로 쓰거나 그럴 때마다 나로 하여금 '왜 그러지? 모자가 뭐 어때서……?' 싶게 할 정도로 이상하게 모자를 의식하는 반응을 보이곤 했었다. 매장에서 잠바라든지 겨울 외투를 살 때도 그랬다.

"여기 모자 붙어있는 건데 좋아? 괜찮아? 모자 없는 게 모양새가 말끔하고 낫지 않아?"

"너는 모자는 왜 쓰고 다니니? 그게 좋니?"

"모자 쓰지 마라. 그게 뭐 좋니?"

그런 엄마도 갑작스레 비가 쏟아지는 날이나 눈 내리는 날 우산 없을 때 잠바나 패딩에 달린 모자를 쓸 때는 유용하니 그럴 때는 예외였다. 때때로 엄마는 도저히 납득이 안 가는 비유를 쓰면서 나

를 위해서, 내가 좀 더 강해질 수만 있으면 더한 것도 할 것처럼 말할 때도 있었다.

"내가 널 그렇게 낳아놨으니까 이 엄마를 원망해!"

"네가 죽기 살기로 엄마한테 덤비고 이 엄마를 밟고 올라서! 그래서 네가 그렇게라도 해서 엄마를 이기고 똑똑하게 산다면 내 뭔들 너한테 못해 주겠냐, 응?! 어서 엄마한테 덤비는 것만큼 나가 싸워봐!"

감정적으로 격분할 때면 그러는 엄마로부터 그런 말을 들을 때마다 내 머릿속은 뭘 어떻게 생각해야 할지 몰라 그냥 백지상태가 되는 게 허다했고, 내 마음은 실타래가 마구 엉켜갔다. 아빠를 비롯한 가족들은 하나같이 '나를 강하게 하기 위해서' 엄마가 그러는 거라 했다. 엄마가 필요 이상으로 그럴 때마다 내가 항상 문제시되는 상황이 반복됐다. 엄마한테 내가 존재하는 자체를 존중받지 못하는 것 같은 기분이 드는 건 뭘까? 왜 나란 존재는 엄마로 하여금 격앙된 말을 쏟아내게끔 할 수밖에 없는 걸까? 정말 죽고 싶을 정도로 엄마한테 내가 그렇게 싫은가? 정말 모든 게 다 나 때문이어서? 내가 존재하는 게 정말 우리 가족을 힘들게 하는 건가? 답도 없는 물음만 이어가다 어느 날 아무 생각 없이 그저 마음이 이끄는 대로 가야 되겠다 싶어 간 교회 기도실에서 문을 닫고 앉자마자 울음이 터지고 나왔다. 무슨 기도를 하는지 횡설수설, 거의 통곡에 가까운 내 소리를 하나님은 그냥 가만히 듣고 계셨다. 하나님은 마음에 쌓아둔 것들을 당신 앞에서 쏟아내길 바라셨고, 언제든 내가 오기만을 기다리고 계셨다. 하나님은 내 속이 걸레마냥 너덜너덜해진 망신창이든, 편안하든 상관없이 있는 그대로 받아주시고 언제나 나를 환영해주셨다. 그런 하나님께 나는 늘 위로를 받았다. 갈 곳 잃은 마음이 언제든 갈 수 있고 찾을 대상이 있다는 건 내게 마치 참았던 숨을 한 번에 내쉴 수 있는 틈새와 같았다. 그리고 엄마한테는 언젠가부터 교회나 기도실 얘길 잘 하지 않게 됐다. 왜 그랬는지 모르겠지만 엄마는 내게 이렇게 말하기도 했는데 그 소리가 참 듣기 싫었다.

"너 하나님한테 기도할 때 네 엄마 원망하는 기도해, 네 엄마를 저주하고, 그래서 엄마 빨리 죽게 해달라, 엄마 빨리 데려가 달라 해. 네 기도면 하나님이 들어주실 거다."

자기를 빨리 죽게 기도하라고 시키기까지 하는 엄마를 나는 뭘 어떻게 해야 할지 몰랐다. 엄마도 교회 활동도 하고 직분도 있지만 그렇게 하는 시간 동안 하나님과 조금도 가까워지지 못했던 것 같다. 엄마에게 하나님은 그저 때깔 고운 양장식 교양서적 하나 더 없어진 정도였을 뿐 '엄마의 하나님'이 되지 못했다. 하나님이 내게 '내 하나님'이 되신 것처럼 우리 엄마에게도 '엄마의 하나님'이 되길 하나님이 엄마보다 더 원하지 않으셨을까? 하나님에게 엄마도 소중할 텐데……. 엄마에게 하나님은 누구실까? 엄마는 단 한 번이라도 궁금한 적은 없었을까? 건강한 두 딸만 낳고 자식을 안 주셨으면 됐을 것을 왜 약한 딸을 주셨을까? 믿음 좋은 주변인들의 말이 아닌, 하나님이 내게 말씀하셨으면 뭐라 하셨을까? 이렇게 묻고 싶은 마음 조금도 들지 않았을까? 그렇지만 내게 비친 엄마는 한 번도 하나님이 궁금해서 물은 적이 없었던 것 같다. 그저 인과응보로 자기가 죄가 많아서 나 같은 딸을 낳았고, 나는 엄마를 잘못 만난 거라 하는 게 다였다. 그리고 계속 자기 의지만큼 따라 주지 않는 딸로 속을 끓이며 끊임없이 이렇게 하라, 저렇게 하라 지시하고 가르치기 바빴다. 애정이 깃들지 않은 반복되는 지시적 가르침은 뭔지 모르게 내가 인격적인 존재라는 것에서 자꾸 비켜서게 하는 느낌이 들게 했다. 엄마가 나를 부를 때도 마찬가지였는데 내게 있었던 비슷한 일을 뒤늦게 다른 사람에게 일어나는 걸 본 적이 있었다. 나보다 더 아픈 마음을 갖고 있을 것 같은(물론 나중에 느낀 감정이다) 지인을 한동안 알고 지냈던 적이 있었다. 교회에서 어쩌다 보게 됐던 지인의 어머니가 자기 딸을 부르는 걸 주변에 같이 있던 사람들이 듣고 느꼈던 거다. 그녀의 어머니는 자기 딸을 보통 일반적으로 '아무개야~' 부르지 않고 이름 석자를 명령조로 불렀고, 같이 있던 사람들은 뭐라 말로 표현하기 어려운 놀라운 표정을 숨기지 못했다. 마치 순종하게끔 입력된 로봇을 부르는 듯한 음색과 어투는 듣는 사람들로 일순 경직되게 했다. 그리고 집에서 그 딸을 대하는 가족이 어떨지 짐작하게끔 했다. 나보다 4살이 더 많았던 그 지인은 그 나이 또래에 비해서 생각이나 언변의 부족함이 조금 있을 뿐인 거를 정상이 아니란 이유로 심리적으로 눌리는 거였다. 어디까지나 한계가 있는 인간의 잣대로 저울질하며 짓누르는 죄성 짙은 모습들을 하나님은 어떻게 보고 계실까 싶다. 말하지 않아도 그 지인의 심정을 알 것 같은 건 내가 같은 마음이기 때문이었을까?

"희쑤~우~!"

뭔가 엄마 자기 마음에 안 들거나 할 때면 끝음을 길게 올리며 몇 번을 반복 힘주어 부르는 식이다, 쓰읍 하거나 머릴 저으며. 나는 엄마가 내 이름을 그렇게 부를 때마다 속이 와싹 오그라들었다. 그건 나를 포함해 번번이 그 자리에 같이 있는 그 누구든 내가 문제가 있어서 그렇게 불리어지는 걸 상기시켜 주는 셈이 돼버렸다. 한동안 지속되던 시달림에 누적됐던 화가 어느 날 울음과 함께 터지고 나왔다, 내 머리의 모든 신경 세포를 자극하는 부름 때문에.

"내 이름 그런 식으로 부르지 마! 싫어!!"

내가 약한 걸로, 나를 바로 세우느라 그러는 거라며 모든 걸 나한테 전가시키는 엄마와 한바탕 울음을 터트리며 발악하듯 싸워야 했다. 엄마가 평소에 나를 어떻게 생각하는지 내 이름에까지 집어넣어 가며 부르는 것 같아 너무 눈물 나고 화가 나도록 싫었다. 그 후 엄마는 그 소리가 나오려 할 때마다 입을 다물었던 것 같다. 내 속에 상체기를 남겨놓고 서서히 자취를 감춘 그 일은 아직도 다시 떠올리기만 해도 피부가 일어나는 것 같은 느낌이 들 정도다.

나를 키우는 내내 엄마는 어떻게든 성에 차지 않는 현실을 바꿔보려 계속해서 몸부림을 치며 살았다. 그 격한 감정을 그대로 쏟아부을 때면

"야, 네가 자폐아냐? 자폐아, 정박아야? 어?!!"

하기도 했는데, 내게는 나에 대해 절망스러워 주저앉고 싶거나 포기하고 싶은 마음과 싸워야 할 때면 엄마 당신한테 수도 없이 외치던 말 같이 들렸다. '나는 자폐아를 낳지 않았다! 저 애는 자폐아가 아니다! 나는 자폐아를 낳지 않았어!!' 지난날 잠깐 엄마의 비위에 맞췄다가 하루하루 옥죄고 눌리는 마음에 다시는 안 하기로 결심했던 게, 그래서 엄마 마음에 따라 주지 않는 게 돼서, 점점 흐르는 시간에 엄마로 조바심 내게 했던 것 같다. 언제 한 번은 무슨 얘길 하다 자꾸만 가르치기에만 급급해 지시적이고 일방적인 엄마의 말에 참다못해 분통을 터트린 적이 있었다.

"엄마란 사람은 시험 감독관이야! 너 이거 이렇게 해, 저렇게 해! 해놓고 지켜나 보는! 그리고 엄마는 자판기에서 동전 집어넣고 마시고 싶은 걸 고르는 게 아니라 자판기에 코카콜라 집어넣고 코카콜라 나오라 하는 식이야!"

지금 생각해보면 엄마는 나에 대한 불안함을 자꾸자꾸 가르치는 걸로 메우려 하지 않았었나 싶다. 맞고 틀리고의 흑백논리의 지시적 가르침은 애정이나 배우는 즐거움이 배제됐다. 어린 날들을 거치며 느꼈던 엄마는 그냥 마음이 편안치만은 않은, 그러면서

도 품에 안기고픈데 못하는 그런 사람이었다, 내게는. 나에 대해서만큼은 자꾸 가르쳐야 된다는 생각이 고정적으로 박혀 있는 엄마는 같이 TV를 볼 때도 예외가 아니었다. 예전에 한 번은 드라마 '퀸'(1999년작)을 보는 중에 극중에 오순정(이나영 역)이 임신 때문에 결혼하여 살림을 잘 못하는 장면이 나온다. 결벽증이 있는 남편(정찬 역)은 임신으로 책임감 때문에 결혼했지만 사랑하지도 않는 여자가 살림도 잘 못하고 아침마다 입는 와이셔츠도 하나같이 첫 번째 단추를 채워놔 구김이 가게 해놓은 걸로 화가 나 바닥에 내리친다. 이 장면에서 같이 드라마를 보던 엄마는 또 시작을 했다.

"네가 보기에 누가 잘못한 거 같니?"

"잘못했다기보다는 쟤(남편)가 쟤(오순정)를 사랑하지 않는 거야."

"누가 와이셔츠를 저 따위로 해놓니?"

"방식의 차이지."

"아냐, 넌 뭘 잘못 알고 있어! 저 여자애가 잘못한 거야!"

정말 사랑하면 모든 허물을 덮는다는데…… 드라마가 끝나고 나서도 엄마는 극중에서 이나영이 살림을 잘했으면 정찬을 화나게 만들지 않았을 거라고 또 가르치기 바빴다. 엄마 눈에 약해서 뭔가 부족해 보이는 나로 엄마 마음이 많이 힘들었겠지만 그런 엄마로 나도 갑갑하고 마음이 많이 눌려서 힘들었었다. 가끔 삶이 힘겹게 느껴지는 이유는, 본래 창조된 순수한 목적을 거슬러 죄악 된 세상의 이치에 맞추어 살려 안간힘을 써서다. 도저히 모르겠고, 안 되면 하나님께 물어야 하는데 하나님과 멀어진 인간은 죄를 짓더라도 자기 힘으로 해결하려 용을 쓰며 죄악의 구덩이를 더 파고 들어간다. 타락한 인간에게 하나님과의 화목을 위해 오신 예수님의 십자가는 그저 관념상에 지나지 않았다. 자기를 구원하기 위한 '내 십자가'가 되지 못한 채 그 변두리만 맴도는 인생 하나하나를 긍휼히 여기시는 하나님은 계속 다가가시며 마음 문을 두드리신다. 그리고 약한 딸로 속 끓이며 강한 자기 의지를 투사하는 데 여념이 없는 엄마를 어느 날 하나님이 부르셨다.

"더는 하기 싫었어. 그래서 중간에 관뒀어……. 아프더라, 못 견디게…… 한 번 건드리는 것도 아픈데 숨 좀 돌렸다 하면 또…… 또……."

두 눈에 눈물이 어렸다. 엄마는 붉어진 눈시울과 콧잔등을 스윽 문질렀다. 오후에 드리운 햇살로 따스해진 마루 소파에 앉은 나는 딸 앞에서 차마 소리 내어 울지 못하고 속울음을 삼키며 드문드문 말을 이어가는 엄마를 마주하고 있었다. 그동안 간간이 나로 인해 속상해서 울었어도 엄마 자기로 인해 우는 일은 없었기 때문에 나로선 처음 보는, 정말 자기 마음속 상처가 아파서 어쩔 줄 몰라 그렁그렁 눈물이 맺힌 엄마였다. 건드리지 않았으면 몰랐을 것을 연신 터지고 나오는 속울음을 삼키면서 숨을 몰아 쉬어가며 힘들게 얘기하는 엄마는 내게 익숙했던 강한 엄마가 아니었다. 자기 상처 앞에서 한없이 약한 엄마였다. 더 이상 마주할 용기가 안 나 도중하차해 버린 감추고 있던 속마음이 많이 아픈 엄마였다. 생전 처음으로 6개월 가까이 긴 시간 동안 집과 떨어져 미션 단체 훈련을 갔다 온 딸과 그곳에서 지내던 이야기를 하다가 인쇄물의 초청 강사 중 아는 이름을 보고서 엄마도 그분을 안다며 뜸 들이다 얘기를 한다는 게 마치 다시 그때로 돌아간 듯 아픔이 새록새록 떠올라 눈물이 나는 거였다.

"굉장히 믿음도 깊으시고 좋은 분이시더라. 말씀도 참 좋았어. 너 그렇게 보내고서 아무개 엄마가 치유집회 어디서 한다며 같이 가자 그래서 갔었어. 처음엔 참 은혜롭고 좋았어. 근데…… 시간이 지날수록 깊게 파고드니까…… 못 견디겠더라."

오랜 세월 꽁꽁 싸매고 깊이 묻어온 속 상처를 자꾸 끄집어내어 다루시는 하나님의 손길에 엄마는 하루, 하루, 또 하루를 권유에 못 이겨 참석했다가 견디다 못해 그만둔 것 같다. 더는 안 하겠다는 엄마를 붙잡으면서 아직 시작도, 근처에도 안 간 거라며 같이 갔던 분이 안타까워하셨단다. 그럼, 그 즈음이었었나? 거의 5, 6개월 전의 시간으로 내 기억 속 필름이 차르르 되돌아가며 아주 잠깐 '엄마가 무슨 일이 있었나?' 싶었던, 엄마 얼굴과 눈빛이 떠올랐다. 수료생들로 훈련에 집중시키기 위해 한 달 뒤부터 주말 가족면회가 허용돼 아빠랑 같이 왔던 엄마 얼굴이 뭔가 한 꺼풀 씻겨진, 그렇지만 그것 때문이었는지, 뭣 때문이었는지 어렴풋이 느꼈던 건 엄마 본인의 의지대로 되지 않은 것에 시달렸던 것 같았다. 그렇지만 그 후로 엄마는 바로 다시 익숙했던 예전 모습으로 되돌아갔고, 가끔 나한테 묻기도 했다.

"얘, 그 치유집회니 뭐니 하는 거, 왜 자꾸 가는 거니? 보면 갔던 사람이 또 가기도 하더라? 그거 한 번 했으면 됐지 왜 자꾸 하는 거니? 난 그런 거 자꾸 가는 거 이해가 안 되더라."

아주 잠깐, 살짝 스친 것에 불과했던 걸 한 번 해본 게 되어 다시는 하고 싶지 않고, 그런 게 싫다는 엄마한테 나는 아무 얘기도 할 수 없었다. 작은 티끌의 죄조차 용납될 수 없는 거룩하신 하나님께, 그래도 그분의 완전하신 선하심을 믿기에 온갖 상처로 점철된 내면을 치유 받아 조금이라도 더 하나님이 주시는 평안을 누리고 하나님과 친밀해지고자 몸부림치는 걸 엄마는 모르기 때문이었다. 왜 또 하냐고? 좋은 약의 효력을 봤으면 다음에 또 찾지 않겠나? 그렇지만 아파보지 않고 그걸 피해갔는데 알겠느냔 말이다. 하나님한테 엄마는 어떻게 보였을까? 미처 다루시기도 전에, 그저 마치 양파의 버석거리는 껍질을 훌훌 벗기고 상처 난 속을 감추고 있는 겉싸개를 막 벗겼을 뿐인데, 그리고 그 다음엔 흐물거리며 손길 따라 벗겨지는 얇은 막을 살짝 벗겨냈을 뿐인데, 천천히 한 겹, 또 한 겹 벗겨내야 되는데, 그 아린 내에 흥청망청 울며 더는 손도 못 대게, 그거 건드리는 순간 숨 끊어져 죽을 것만 같아 밀어내는 어린 엄마가 보였을까? 두 딸을 예쁘게 잘 키우는 엄마가 약한 딸도 잘 키울 것 같아 보냈는데, 그 약한 딸로 행복하지 않은, 눈물로 얼룩진 속마음이 보였을까? 아니면 어릴 적부터 꾹꾹 눌러왔던 엄마만 아는 상처가 보였을까? 그냥, 그저 내 생각이지만, 다른 무엇보다 어린 시절 사랑만 받던 존재로 되돌아가고 싶은 그 마음을 하나님은 훨씬 전부터 보지 않았을까 싶다.

"외할아버지가 엄마를 끔찍~하게 이뻐하셨단다!"

아픈 엄마가 울면서 돌아가신 외할아버지를 찾는다는 내 얘기에 전화기 너머에서 큰언니는 일러바치는 투로 말했다. 몇 년 전 폐에 작은 혹 같은 암이 생겼던 엄마는 얼마나 아픈지 저녁 식탁에서 식사를 하는 둥 마는 둥 아픈 걸 참으면서 몇 번 국을 떠먹더니 숟가락을 내려놓고는 이내 그냥 아이처럼 떼쓰듯 울어버리는 거였다.

"어헝헝~~ 우리 아버지는 나 빨리 안 데리고 가고 뭐 하는 거야~ 내가 이렇게 아픈데~~"

정말 아파서 우는 엄마 옆에서 아빠도 마음이 아파서 눈물을 훔치셨다. 살면서 무슨 일이 생겨도 남편과 잘 해결하고, 자기의 강한 의지와 정신력으로 해결했어도 자기 몸이 아파서 어찌지 못하고 속수무책으로 당하고만 있을 수밖에 없었던 현실에서 엄마의 마음이 찾은 곳은 어린 시절 사랑받던 넉넉하신 아버지 품이었다. 8남매 중에 아버지가 자기를 무척이나 예뻐해 주는 사랑을 받았던 엄마는 자신감 넘치고, 뻐기기도 잘하고, 일러바치기도 잘하던 어린 날들이 있었다. 모든 것을 용납 받고 포용 받았던 그 사랑을 엄마는 '그렇~게나'라고 표현했었다. 통증이 그리 심하지 않았을 때 엄마는 꿈 얘길 했다.

"꿈에 우리 엄마가 보였어. 자면서 혼자 생각에 내가 이제 갈 때가 됐나 싶었지. 근데, 엄마가 쓰윽 보더니 그냥 가는 거야."

"아직 때가 아닌가 보지."

엄마 얘기에 아빠는 다행이라는 듯 말했다. 그 후로 할머니랑 같이 할아버지도 엄마 꿈에 두어 번인가 더 나왔었다고 했다. 꿈에 오셔서 그랬는지 엄마는 많이 아플 때면 왜 날 안 데리고 가느냐며 푸념하기도 했다고 한다. 그로부터 며칠 후 수술 날짜가 잡혀 엄마는 폐암 제거수술을 받고 무사히 잘 나았다. 그 일이 특히나 잊히지 않는 이유는 형형 우는 엄마의 울음에서 떼쓰는 아이가 보여서 그랬던 것 같다. 아파서 의지가 더 약해진 노년의 엄마의 또 다른 면을 엿볼 수 있었던 잠깐이었다. 사람은 누구나 돌아가고픈 마음의 고향이 있다. 그건 우리 엄마처럼 특정 대상일 수도, 어떤 장소나 물건일 수도 있다. 그래서 정말 죽도록 힘들고 어려울 때, 세상에 나 혼자 남겨진 것같이 외로울 때, 사느라 지친 마음이 나보다 먼저 찾는다. 그리고 나를 잡아 이끌고 간다, 그만 좀 쉬고 속에 쌓아둔 울음을 울라고. 사랑받기 위해 발버둥치고, 사랑받을 존재란 걸 인정받으려 치러야 했던 댓가도 다 내려놓으라고 한다. 그 언젠가 엄마가 정말 하나님을 만나게 될 날엔 정말 그리워하던 품이 그분의 품이었음을 알게 되리라 믿는다.

*

'부모는 처음인지라' 처음 자녀를 낳고 키우는 앳된 부모들이 겪는 당황스런 심리를 표현한 이 한 줄 문장이 유행한 지 좀 됐다. 이 한 문장으로 같은 입장의 부모들끼리 서로 공감대도 형성되고, 이미 지나온 과정을 돌이켜보며 '그래, 그랬었지.' 하기도 한다. 그런 반면 어린 자녀들 입장에서 이 문장을 봤을 때 처음엔 반문하게 되는 것 같기도 하다. 왜냐하면 아기 때부터 자녀에게 부모는 '하나의 완벽한 우주' 그 자체지, 자기들처럼 뭔가 계속 채워져야 하거나 빼야 되는 존재로 보지 않기 때문이다. 하지만 자기들 앞에서 쑥스러운 듯 그 문장 자체를 인정하는 부모를 보며 한편으론 믿었던 절대적인 완벽한 우주가 허물어지는 것 같아 당황스럽지만, 다른 한편으로는 좀 지나면 이해하지 않을까 싶다. '아, 우리 부모도 우리랑 별반 다르지 않네. 나보다 조금 더 아는 것뿐이지, 부모도 나처럼 계속 자꾸 배워서 채워져야 하는구나. 그럼, 나도 나중에 저럴지도 모르겠네?' 하고 말이다. 이와 비슷하면서 다른 반면으로, '장애아는 처음인지라' 싶은 부모는 어떨까 하는 생각을 해본다. 1973년 서울, 세 자매 중 셋째로 태어난 내가 죽을지도 모를 정도로 너무 약해서 본의 아니게 약한 애를 처음 키워야 했던 우리 엄마 아빠는 어땠을까? 아빠는 그때 의술이 지금보다 훨씬 뒤처져 있었던 70년대에 당시 성행하던 낙태를 거절함으로써 엄마와 나를 살리는 편을 택했다. 그렇지 않았으면 우리 가족은 어땠을까? 아빠로선 상상할 수도 없었다. 아빠는 나를 살리기 위해 온갖 방법을 다 동원했고, 엄마는 수도 없이 나를 안고 병원을 드나들어야 했다. 어린 두 언니들은 언니들대로 내가 태어난 이후로 자주 엄마 아빠의 부재를 겪어야 했다. 그래서였는지 엄마와 아빠는 시간이 날 때마다 가능하면 두 딸과 같이 있었고, 어디 데리고 놀러 가고 그랬던 것 같다. 한때 나는 어렸을 때는 잘 알지 못했던, 내 한참 어릴 적 시간에 대해서 조금은 불만을 품고 있었다. 왜냐하면 엄마 아빠와 함께 어디 놀러 가 찍은 어린 언니들 사진은 많은데 나만 거기서 쏙 빠져 있는 경우가 많았기에. 그래서 몇 번 내가 물었던 적이 있었다. 그럴 때마다 돌아오는 답은 한결같았다.

"너는 아파서……."

그때는 어느 정도나 내가 아팠고 약했는지 나로선 가늠하기 어려웠기에 그저 서운함에 입만 삐죽하니 내밀 뿐이었다(그렇지만 이후에도 나는 혼자 떨어져 있는데 엄마랑 언니들이랑 셋이 붙어 있는 광경은 종종 이어졌다. 내가 저들 틈에 붙으면 하나 둘 떨어져 나갔다. 엄마 주변에 딸 셋이 옹기종기 붙어있는 걸 재밌어 하거나 당연하게 느낀 적이 없었던 것 같다. 부득이 사진 찍을 때를 제외하고…… 어린 두 언니들은 뭔가 엄마를 나한테 내줘야 되는 것처럼 느꼈었나? 나는 그런 게 아니었는데…… 아빠가 같이 계실 때 하나 아니면 둘이 아빠한테 붙어있으니 괜찮았다고 해야 될까? 나만 느끼는 걸까? 원치 않게 아팠던 나로 인해 두 딸들에게 마음 썼던 보상 차원의 정서가 그렇게 자리 잡혀간 것 같다). 아이는 셋 인데 엄마 아빠는 하나니 그렇게 할 수밖에 없었으리라. 우리 다 섯 식구 서로가 서운 섭섭했던 걸 얘기하면 끝이 없을 것 같다. 하 나님한테 채워져야 할 완벽함을 불완전한 사람에게 바란다는 건 서로에게 마음에 부담감과 상처만 더해줄 뿐이다. 약하고 아파서 친할머니나 작은할머니한테 자주 맡겨졌던 나는 그래도 할머니들 품에서 무한한 사랑을 받았던 것 같다. 그래서 그랬는지 나중에 들 은 엄마 얘기로는 할머니들 틈에서 내가 왕처럼 굴고 있었다 한다. 그저 웃펐다. 힘이 없으니 활동적이지도 못해 여느 아이들처럼 쑥 쑥 자라는 걸 지켜보는 기쁨도 주지 못했다. 그저 약하기만 했던 탓에 내 아주 어릴 적 사진은 별로 없다. 그나마 몇 장 있는 사진 중에 아기 적 사진도 혼자 앉아있을 힘이 없어 아기의자에 뉘어 앉 혀놓은 게 있는 다였다. 약해서 기운이 없으니 잠도 많이 잤는데 한 번은 한참을 잘 자고 깬 아기가 눈이 맑아서 사진 몇 장 찍었던 게 돌사진이랑 같이 내 아기 적 모습을 남겨놓은 전부다. 아기가 기분이 좋아서 방싯거리며 입 벌리고 크게 웃거나, 찡그리고 서럽게 울거나, 두 손에 장난감을 꽉 쥐고 있거나 그런 것도 없었다. 그냥 말 그대로 '그냥 아기' 그뿐이었다, 나란 아기는. 왠지 모르겠지만, 어려서부터 가끔 앨범을 들춰볼 때마다 나는 작은 아기였던 나를 보면서 그렇게 퍽 좋았다거나 재밌어 하지 않았던 것 같다, 그래야 될 얘깃거리도 없었기에. 아기 적 나보다도 나와 함께 찍혀있던, 장난치고 웃느라 볼따구니가 발그레한 두 언니들이나 웨이브 머릿결을 어깨에 늘어트리고 늘씬하게 나온 예쁜 엄마와 안경도 안 쓴 훤칠한 아빠 그리고 그 사진 몇 장에 마치 소품처럼 놓여있던 몇 개의 장난감과 어린 언니들이 가지고 논 흔적을 그대로 담고 있던, 나는 가지고 놀아보지 못했을 털이 북실북실한 곰인형에 눈길이 더 갔던 것 같다.

그래서였나? 이게 그렇게나 어린 내 마음에 있었던 걸까? 아니 다르게 내 마음에 풀지 못한 소유욕에 어릴 적엔 둘째언니가 좋아하던 마른 인형을 나도 좋아한다며 그냥 따라 좋아하고 그걸 가지고 한참 놀곤 했었지만, 결국 원점으로 돌아가 한참 뒤에야 털이 북실북실한 하얀 곰인형을 품에 안았다. 고등학교 때 같이 있던 친구와 내게 미술학원 선생님이 선물의 집에서 뭐든 사준다는 얘기에 '진짜 사주실까?' 하는 마음에 곰인형을 가리켰는데 정말 사주신 거다. 막상 곰인형을 품에 안으니 겁도 났지만 내가 산 게 아니고 선생님이 사주셨다는 점에 힘을 실어 불안한 마음을 누르고 집으로 향했었다. 한동안 내 침대 한켠에 앉아있던 내 첫 곰인형을 엄마는 어느 날 내 허락도 없이 놀러 왔던 어린 사촌조카한테 줘버렸다, 내가 학교 가고 없는 사이에. 내 원대로 소유하고픈 것도 허락을 받아야만 가능했던 어린 시절 부모의 허용범위 내에서 뭘 선택해야 거절당하거나 혼나지 않을지 그런 것도 언젠가 호되게 혼쭐난 이후 뒤늦게 알게 됐던 나는 장난감이나 예쁜 것들이 진열돼 있는 가게나 백화점에서 실용적인 거나 손에 딱 들어오는 크기의 쓰임새가 분명한 것들을 사달라고 했었다. 이를테면 저금통 같은……. 어렸을 적 장난감 가게에서 부모의 강압적인 제지로 상처받는 건 누구나 겪는 성장과정이다. 아이 못지않게 장난감 가게에서 곤혹을 치르는 부모는 세계만국의 공통점이다. 대체로 아이와의 대화를 통해 해결해야 되는 문제를 많은 부모들이 그걸 잘 못한다. 부모의 권위를 행세함으로 강압적으로 통제함으로써 문제에서 빨리 벗어나려는 걸로 아이에게 상처를 준다. 이들이 그렇게밖에 할 수 없는 건 그들 또한 그들의 지난 어린 시절 겪었던 부모의 미숙한 대처 때문이다. 자신의 부모의 그런 점이 상처로 남고 그게 싫었으면 그걸 해결하기 위한 노력이 있어야 되는데 아이러니하게도 다람쥐 쳇바퀴 굴리는 어리석음을 택한다. 아이와 줄다리기 하듯 대화를 통해 해결하려는 노력을 안 하고 별거 아닌 취급한다. 기껏 장난감 하나 가지고 시간을 들여 정신적인 에너지를 소모할 필요를 못 느끼는 거다. 그렇지만 정말 중요한 건 아이가 사달라는 장난감이 아니다. 대화를 통해 문제를 해결하는 부모를 보며 자란 아이의 미래를 생각한다면 장난감 가게에서의 서너 시간이나 길게 느껴지는, 30분 내지 1시간은 정말 돈 주고도 살 수 없는 높은 가치를 지닌 게 되는 셈이다. 지난 어린 시절 장난감 가게에서의 부모와의 실랑이가 어떤 이에게는 그것이 건강한 자아를 형성해가는 데 보탬이 된, 마냥 즐거운 추억으로 남아 그때 그 시절을 돌아보며 껄껄거리며 웃는 게 되고, 또 어떤 이에게는 무거운 아픈 상처가 되어 남아있다. 내가 어쩌다 정말 갖고 싶은 걸 가리키면 그럴 때마다 엄마는 얼굴이 냉랭하게 돌변했다. 그런 날은 하루가 무겁게 지나갔다. 나는 기분 좋게 보낼 수 있는 하루를 망친 주범이 되어야 했다.

"쟤가……!"

"너!"

"네가 지금 몇 살이니?!!"

"얘, 네가 저능아니?!!"

"집에 가자!!"

엄마는 내가 정말 갖고 싶은 것들을 자폐와 연관 지었다. 특히 모든 결정권이 엄마한테 있었던 어렸을 적에는 엄마의 허락을 예상한 것을 손에 들고 내 마음은 딴 데 가 있는 경우가 많았던 것 같다. 크면서도 엄마는 내가 엄마가 사주는 거나 해주는 걸로 만족하길 바랬다. 뭔가 자꾸 사고 싶고, 사 먹고 싶은 내 욕구를 엄마는 이해하지 못했다.

"뭐가 그렇게 먹고 싶고, 뭐가 그렇게 사고 싶니, 너는? 엄마가 다 해주지 않니?"

엄마를 이해하게 된 훗날 들었던 생각은 신생아 시기부터 나를 키우느라 너무 많은 시간을 힘들게 시달려서 그저 나란 애는 그냥 고만고만하길 바랬던 것 같다. 성인이 돼서도 내 돈 주고 차마 사지 못했던 큰 곰인형을 한 번은 교회의 아는 지인이 갖고 싶은 걸 선물해주고 싶다고 해서 대뜸 큰 곰인형을 갖고 싶다고 했다. 그랬더니 그 다음 주일날 정말 곰인형을 안고 왔다, 사람의 반신만 한 파란 털이 북실북실한…… 구두소리를 또각거리며 곰인형을 안고 들어온 나를 엄마는 심각하게 대했다.

"얘, 네가 몇 살인데 곰인형을 받고 싶다고 그랬니? 그 사람이 너를 어떻게 볼까 생각은 해봤니?"

그때 나는 무슨 마음이었는지 엄마의 얘기를 한쪽 귀로 흘려버리고 큼직한 곰인형을 끌어안고 방에 들어가 내 침대 위에 앉혀 놨다. 잘 때면 내 옆에 같이 눕혀 안고 자고, 그 푹신푹신한 부드러운 털 감촉이 좋아 심심하면 포옥 끌어안고 얼굴을 비비며 한참을 있기도 했다. 내 두 번째 곰인형은 그래도 비교적 오랫동안 나와 함께 하면서 내 위로가 돼주었다. 10년인가 15년 가까이 지난 어느 날 내 손으로 처분하기 전까지…… 왠지 지금 생각에 선물 받아서, 누가 그냥 줘서가 아닌 내가 큰마음 먹고 사는 날이 분명 올 것도 같은데 글쎄, 언제가 될지 모르겠지만 벼르고 별렀던 만큼 무척이나 이쁜 걸 사다놓을 것 같다, 뭔가 의미가 담긴 선물로 내가 나에게 하면서.

어릴 적부터 봤던 그 사진들에 지난 어린 날에는 뭐라 말로 표현하기 어려웠던 걸, 세월이 많이 흐른 지금은 얘기할 수 있을 것 같다. '……왜 너만 이래야 했니? 왜 너만 이렇게 좋은 배경으로 이러고 있어야 했니?'라고. 지난 유아기를 돌이켜보면 슬프지만 그래도 그리운 건 젊은 우리 엄마 아빠가 있어서인 것 같다. 그저 내 마음에 나를 키우느라 힘들게 고생하기 전의 엄마 아빠가 많이 그리울 뿐이다. 아프느라 잃어버린 내 아기 적 시절에 마음 한켠이 젖어든다. 약하고 아파서 자라는 모든 것이 내 또래보다 훨씬 늦었다. 반짝하게 닦아놓은 방바닥을 배밀이 하며 기어다니고, 자기 젖병을 양손으로 붙잡고 야무지게 빨고, 털썩털썩 기저귀 찬 두툼한 엉덩이로 주저앉기도 하고, 엄마 치맛자락이나 아빠 바짓자락 붙잡고 일어서는 것도, 키 큰 어른들한테 들어 올려 무등 타고 높은 데서 보는 기분을 즐기는 것도, 박수받으면서 뒤뚱거리며 걷기 시작하는 것도, 잡기 놀이하다가 부딪혀 한바탕 우는 것도, 인형 유모차에 장난감 싣고 이 방, 저 방 정신없이 다니는 것도…… 이런 유아기의 유희적인 것들은 다 내게서 비켜갔다. 그냥 다 생략됐다. 그랬던 이야기가 내게는 없었다. 그저 겨우 앉기 시작하다가 두 발 디딜고 엉거주춤 일어섰던 게 다였다. 지금도 어쩌다 공원이나 카페에 엄마 아빠 따라온 어린 아기들을 보면서 신기한 게, 제

스스로 목에 딱 힘주어 머리를 가누고 무르팍도 딱 펴고 꼿꼿하게 서 있는 거다. 나는 의지적으로 힘을 주고 의식을 해야만 되는 거를, 정상적으로 모든 기능이 건강하니까 그냥 되는 거다. 어린 아기들마저 부러운 내 마음을 어떻게 숨기지 못하겠다. 내가 신체적인 것부터 다 한참 늦는데 사고하는 부분이라고 빨랐겠는가? 남들 영특하게 생각해서 대처능력을 키우고 있을 시기에, 나는 뭘, 나 스스로가 뭘 하고나 있었나 싶다.

당시 '뇌성마비'라는 용어로 불리어졌던 장애명은 용어 자체가 주는 혐오감 때문에 '뇌병변'으로 명칭이 바뀐 지 좀 됐지만 아직도 대대적인 의학적 명칭은 '뇌성마비'다. 뇌의 병변으로 인한 중추신경계의 손상은 나로 시각, 청각, 언어를 비롯해 모든 신체적인 활동의 제약을 받게 했다. 학업도 대체적으로 다 마치기까지 별 진전이 없었고, 공부에 재미를 못 붙였다. 좋아하는 과목을 제외한 나머지는 점수라고 할 것도 없었다. 그래도 초등학교, 중학교 때는 갈수록 두꺼워져 가는 안경 외에는 내가 느끼기로는 그럭저럭 괜찮았었던 것 같다. 아마도 나 스스로 생각했을 때 내게 중요했던 건 학업보다는 원만한 학교생활과 편안한 정서적인 면이 비중이 컸던 것 같다. 물론 조금이라도 공부가 돼서 점수가 나오면 신나고 공부할 맛도 느끼고 그랬었지만 그런 건 내게 잠깐 잠깐씩이었다 (제대로 공부할 맛을 느꼈던 때는 한참 뒤 신학교와 전문대학을 가서였다). 활동적인 면에 있어서 여느 애들보다 뒤처지고 몸놀림이 흐느적거리면서 힘이 없으니 몸이 흔들리는 편이었다(중추신경계 손상으로 인한 후유증의 대표적인 예). 그날 하루 몸이 좀 많이 힘들었으면 몸의 중심을 잡기가 더 어려웠다. 흔드는 몸으로 피로를 많이 겪는 편이며, 아무리 많이 먹어도 살이 찔 틈이 없었다. 말도 어눌해서 짓궂은 애들한테 놀림당하기도 했지만 그런 애들도 나중에는 창피한 줄 깨달았는지 점차 줄었다.

몸의 한 일부인 손톱 발톱 깎는 것도 학창시절 당시 내겐 반복해서 넘어야 될 작은 산이었다. 초등학교 다닐 때까지는 그래도 엄마가 손톱을 깎아줬었는데 한 번은 엄마가 내 손톱을 깎으며 내 아기 적 얘길 했었다.

"얘, 그래도 네가 지금은 손톱이 이렇게 딱딱 소리 내면서 깎이지만 너 한참 아기였을 때는 손톱, 발톱을 깎아도 깎는 게 아니었어."

"왜? 그럼 어땠는데?"

"깎는 게 아니라 잘라줘야 했었나? 그랬어. 워낙에 힘이 없고 약했으니까 손톱이 힘이 있었겠니? 네가 그렇게 많이 약했어. 지금은 잘 먹으니까 이렇게 딱딱거리며 잘 깎이잖아. 그러니까 엄마가 해주는 거는 뭐든 잘 먹어."

엄마 손에 붙잡힌 내 손의 손톱은 딱딱 경쾌한 소리를 내며 펼쳐놓은 신문지 위에 하얀 초승달을 자꾸 떨어뜨렸다. 엄마 얘기를 들으면서도 손톱을 깎지 않고 자른다는 게 뭔지 이해가 안 됐었는데, 좀 더 크면서부터 네 손톱 네가 깎으라며 엄마가 엄마 손톱 다듬고 있을 때 슬쩍 내밀어도 밀쳐내 할 수 없이 깎기 시작하면서 알았다, 자른다는 게 어떤 건지. 그렇지만 나는 자르는 게 아니라 잡아 뜯었다. 내 손톱을 내가 깎는 게 여간 익숙지 않아 손톱깎이를 힘주어 눌러도 깎이지 않는 손톱으로 애를 먹었다. 발톱은 두꺼워서 잘 깎일 것만 같은데 발톱은 발톱대로 양손을 다 동원해 힘주어 손톱깎이를 눌러도 깎이기는커녕 하얀 자국만 남기고 발톱이 아프게 비틀어지기도 했다. 왜 나는 엄마처럼 잘 안 되지? 하며 울상 짓기도 했다. 손톱이 잘 안 깎여서 자꾸 잡아 뜯는 나를 보며 마지못해 엄마가 몇 번은 더 깎아주곤 했다. 엄마가 깎아준 내 손가락은 손톱은 물론 손톱 밑에 난 거스러미도 깨끗하게 없어졌다. 거스러미를 자꾸 잡아 뜯어 핏자국으로 얼룩진 손가락을 보며 엄마는 내게 한바탕 잔소리 아닌 잔소리를 하기도 했다.

"이런 거 자꾸 생기는 거는 네가 맛 따지면서 음식 가려서 그런 거야. 가리지 말고 골고루 잘 먹어야 돼. 특히 멸치를 잘 먹어야 네 뼈가 튼튼해지고 이런 거 안 생겨. 이게 뭐니, 이게? 잡아 뜯어가지고 꼬라지가 뭐니, 이게?"

엄마한테 거절당한 내 손톱을 그래도 좀 나중엔 손톱깎이를 오른손에 쥐고 왼손 손톱을 깎을 때는 그래도 딱딱 경쾌한 소리를 내며 잘 깎았다. 문제는 오른손 손톱이었다. 뭐든 왼손으로 하는 게 서툴렀던 나는 손톱 깎는 건 더했다. 손톱의 경계선에서 손톱깎이를 눌러도 깎이지 않고 손톱이 아프게 틀어지다시피 했다. 한, 두 개 손톱은 그래도 좀 깎였는데 나머지는 손톱의 초입에서만 깎이고 중간의 큰 범위를 깎을 때는 마음만큼 잘 안 돼서 애를 먹었다. 잡아 뜯다시피 하는 손톱은 마치 두꺼운 종이가 찢어지는 것처럼 뜯겨진 모양새를 남겼다. 넓게 펼쳐놓은 큰 광고지나 방바닥 여기저기로 튕겨 흩어진 내 손톱들 몇 개는 초승달이 반쪽 나 있었다. 자꾸 잡아 뜯는 나를 보다 못한 둘째언니가 몇 번 깎아주곤 했다. 완전히 양손을 잘 깎기까지 시행착오는 겪었지만 그걸로 끝이 아니었다. 후에 20대가 되면서 매니큐어를 바르기 시작하니 또다시 서툰 왼손으로 애를 먹는 게 반복됐다. 역시 오른손으로 왼손 손톱의 매니큐어를 칠할 때는 깨끗하게 잘 칠했는데 손톱 깎을 때처럼 왼손으로 오른손 손톱을 칠할 때는 난잡하게 칠해져 지우고 다시 칠하기를 반복했다. 어떤 때는 하도 잘 안 되고, 손가락은 꼬락서니가 봉숭아물 들인 것처럼 돼가고, 서서히 힘이 들면서 나중엔 신경질이 나 공들여 잘 칠해놓은 왼손까지 그냥 다 지워버리는 일도 있었다. 발가락도 마찬가지였다. 오른손으로 칠하니 별 문제 없을 것 같지만 그렇지 못했다. 칠하는 동안 가만히 있으면 되는데 가만히 있는 게 어려운 발가락은 바르는 내내 자꾸 꼼지락거려 나를 힘들게 했다. 평소에 잘만 있던 발가락이 왜 매니큐어 칠할 때만 그렇게 요동을 치는지 알다가도 모를 일이었다. 가끔 대신 발라주려는 언니들도 왜 발가락을 자꾸 움직이냐며 가만있으라고 잔소리를 했다. 그렇지만 발가락이 내 몸에 붙어있는 내 발가락인데도 내 마음대로 잘 안 됐다. 아마도 대체로 몸이 약하니까 협응기능도 약해 뜻대로 안 됐던 것 같다. 그때로부터 세월이 많이 흘러 작년까지만 해도 여름이면 샌달을 신으니 부지런히 매니큐어를 칠했었는데 무슨 심리적 변화인지 금년엔 아예 매니큐어는 거들떠도 안 보고 있다. 손 이야기가 나왔으니 말이지만, 어려서나 다 커서나 엄마는 내 손을 잡을 때마다 늘 미안해했다. 딸 셋 중에 나만 엄마 손 닮아 넓더딕~한 손바닥에 손가락이 짧고 손이 컸다. 그래서 엄마나 아빠 손 잡을 때면 큰 손에 꽉 들어찼다.

"에구야~ 내가 너한테 늘 미안한 게 너한테 못생긴 내 손을 물려준 것만 같아 미안하다. 에구, 이걸 어쩌면 좋냐~ 하필 네가 내 손을 닮아갖고 나올 게 뭐냐~"

미안함을 입버릇처럼 말하던 엄마는 힘주어서 내 손을 조물조물거렸다. 그렇게 힘주어서라도 조금이라도 작아지라고…… 그래도 그나마 다행이라고 봐야 될지 모르겠지만 내 손가락 사이사이는 골이 있어서 손등에서 보면 그래도 좀 길어 보이는 편이었다. 엄마는 손등과 손바닥에서 보는 손가락 사이사이의 골이 같았다. 그러는 엄마가 다행스러워하는 건 발은 자기를 닮지 않았다는 거였다. 딸 셋이 다 아빠를 닮아 발이 길쭉한 편이고, 발가락도 길쭉했다. 엄마 발은 손이랑 생긴 게 비슷하게 아빠에 비해 좀 퍼진 편이라고 할까? 발가락도 붙은 것같이 생겼다. 때문에 딸들이 어디

같이 가서 구두를 살 때면 길쭉하게 뻗은 발을 들이밀며 구두를 신는 모습을 엄마는 좋아했던 것 같다. 그렇지만 두껍고 짜리몽통한 손가락에 반지를 낄 때면 들어가는 손가락이 없거나 들어가도 예뻐하지 않는 내 모습에 엄마는 더 속상해하고 미안해했다. 같은 반지라도 아빠를 닮아 길쭉한 손가락에 반지를 끼운 언니들은 그렇게 예뻐 보일 수가 없었다. 내 손가락에 끼어 꽉 차는 반지가 언니들 손가락에서는 헐렁거렸다(나는 그럴 때마다 언니들을 째려봤었다). 미안해하는 엄마 앞에서는 그저 내 손이 이렇게 생겨서 그런가 보다 하고 말지만, 친구나 아는 사람들을 만나거나 할 때면 저들에게 있는 작고 예쁜 손가락에 끼운 반지가 제 자리인 듯 빛을 발하는 모양새를 보며 속으로 생각하곤 했다. 내 손도 저렇게 예뻤으면 좋았을 텐데…… 이런 내 마음을 아는 지인이 내게 해준 말이 있었는데 그때 참 위로가 됐었던 것 같다.

"작고 예뻐 보이기만 하는 손보다 안 예뻐도, 못생겨도 재주 많은 손이 더 좋지 않니?"

"그래도, 손도 예쁘고 재주도 많으면 더 좋겠지."

"그렇긴 한데 그런 사람은 별로 없어. 사람 하기 나름이야."

저마다 하기 나름이라고 말하는 지인의 손은 작으면서 가느다란 손가락으로 순박했다. 그 손에 뭘 담았었는지 고스란히 말해주는…… 그러면서 나한테 덧붙인 말은 "나는 네가 부러운 게 너는 글도 잘 쓰는 것 같고, 그림도 잘 그리고, 먼저 번에 하는 걸 보니까 만드는 것도 잘해. 나는 그런 거 영 잼병이거든?"

'잘'자를 붙여가며 서로가 자기한테 없는 걸 갖고 있는 사람을 부러워한다. 그 지인은 손수 일군 텃밭을 잘 가꿔 먹을 양식을 구하고, 식물도 잘 키우는 사람이었다. 그래서 2, 3천 원 하는 작은 하나짜리 화분 사다 수를 늘려 나중에 열 배나 되는 크기의 큰 화분에 수북하게 키울 정도다. 나 역시 꺼뜩하면 식물을 잘 못 키워 죽이는 나에 비해 생명력 넘치게 잘 키우는 게 너무 부러웠다(전적으로 키우는 사람의 재능만이 아닌 사는 집이 어떠냐에 따라 식물 킬러가 되기도 하는 것 같기도 하다). 또 다른 지인은 감동적인 말을 해 나로 꿈뻑 죽게도 했다.

"아무리 큰 손도 내 손 안에 들어오면 작은 손이야."

그 지인은 목회자로 섬기는 삶을 잘 살고 있을 것이다. 어렵고 힘든 사람들의 손을 잘 잡아주는 따뜻한 목회자로 하나님이 축복 많이 해주시리라 믿는다. 손을 보면 그 사람의 인생이 보인다고들 하는데 물론 손금도 해당된다. 그렇지만 그 손을 만드신 분은 하나님이시다. 그 손에 사랑을 쥐어 주든, 많은 재능을 쥐어 주든 주신 분의 선물인데 그 선물을 받고 어떻게 하느냐는 사람의 자유의지에 달려있다. 주신 재능을 썩히든, 열 배 스무 배의 결실로 만들어 내든 말이다. 작고 예쁜 손에 미련이 아주 없는 건 아니지만, 재주 많은 엄마 손 닮아 손으로 뭔가를 하는 활동을 즐기는 내게 내 못생긴 손은 아주 그만인 것 같다. 손놀림도 여느 다른 사람들에 비해 제약을 받기도 하지만 남들보다 조금 느려도 그럭저럭 만족해왔다.

중학생이 돼서 크게 달라진 거는 보청기를 반드시 다시 해야 했다는 점이다. 그전까지는 그런대로 간단한 전화통화도 됐었고, 일상대화도 크게 제약받지 않아서 보청기를 맞춰만 놓고 잘 쓰지 않았었다. 그랬던 것이 교과목 중에 영어가 있어 영어 듣기평가로 인해 듣는 게 필수가 되다 보니 안 하던 보청기를 다시 새로 맞추어야 했다. 그리고 내가 다니던 그 학교는 아침마다 '명상의 시간'이라 해서 아침 수업 시간 전에 짧게 방송으로 하는 내용을 듣고 느낀 점을 써야 하는 거였다. 이 또한 무슨 내용인지 알아들어야 느낀 점을 쓸 수 있었기에 영어 듣기평가와 마찬가지로 잘 들어야지만 해결되는 문제였다. 그게 계기가 돼서 교대로 한쪽씩 끼다가 후에 양쪽을 다 끼게 된 보청기는 안경처럼 나이가 든 지금까지 안 할래야 안 할 수 없는 게 됐고, 안경은 기술이 그런대로 발달해서 높은 도수의 두꺼운 안경알을 가능한 얇고 가볍게 할 수 있어서 좋지만, 보청기는 시행착오를 겪어야 했다. 한, 10년도 훨씬 지난 일인 것 같다. 중간에 디지털보청기라 해서 보청기가 알아서 볼륨을 조절하는 기능이 있는 거였는데, 아날로그 시대는 갔다면서 모든 보청기가 디지털로 나온다 했다. 쓰던 보청기가 너무 오래돼 수리로 교체할 부품도 없고 해서 할 수 없이 해야 했던 적이 있었는데, 정말 눈물이 날 만큼 너무나 화나고 힘들었었다. 조용히 상대의 말을 경청해서 안정적으로 잘 듣고 있는데 사방이 조용하니 디지털화된 걸 자랑하는 듯 보청기가 제 멋대로 '뚜뚜뚜~' 하며 소리가 작아지는 거였다. 나는 상대와 대화하느라 잘 들어야 되고, 기껏 잘 듣고 있었는데 갑자기 작아지고, 또 내가 볼륨조절도 못하게 해놨으니 복장이 터질 노릇이었다. 또 시끄러운 데 가서는 그걸 인지한 디지털보청기가 특유의 '뚜~' 음을 내며 소리가 갑자기 왕왕거리며 커지는 거였다. 미칠 노릇이었다. 얼마나 화가 났었는지 길거리에서 보청기를 귀에서 아예 빼버렸다. 기기에 사람이 원치 않게 조작당하는 것 같은 미친 상황에 이런 걸 만들어 놓은 사람의 생각이 극히 제한적임을 거듭 재확인하는 것밖에 안 됐었다. 길을 걷다가 화가 난 채 서 있으니 지나가는 사람 몇몇이 갑자기 왜 저러나 싶어 흘깃거리며 쳐다봤었다. 무엇보다 결정적인 사건은 교회 주일예배 중에 일어났다. 설교 말씀을 조용히 잘 집중해서 듣고 있는데 보청기 밧데리가 다 됐는지 갑자기 귀에서 보청기가 꺼진다는 영어 안내 음성이 들리더니 볼륨이 꺼지는 음이 크게 나는 거였다. 너무 놀란 나머지 나도 모르게 앉은 자리에서 펄쩍거렸다. 너무나 기가 막힌 상황에 얼마나 화가 나던지 고통스러워 예배가 끝나고도 우느라 자리에서 못 일어났다. 다음날 오전에 보청기사에 찾아가서 할 수 있는 최대한의 조치를 취해 자동으로 디지털화된 볼륨조작이 안 되게 중간 즈음에서 고정시키고(물론 고정시킨 음으로만 들어야 했다. 당시엔 다른 선택의 여지가 없었기에 그것만도 아던가 하는 마음이었다) 무엇보다 내가 질색팔색했던 안내 음성이 안 나오게 했다. 얘기하면서 다시 끓어오르는 분노를 다스리느라 낮아진 목소리로 얘기하는 내게 보청기사 직원은 고맙게도 군소리하지 않고 원하는 대로 다 해주었다. 그때를 생각하면 아직도 화가 많이 난다. 사람이 무슨 사이보그도 아니고, 청력에 따라 천차만별인 거를 기기를 사람한테 맞추지 않고 사람을 기기에다 맞춰 마치 골칫거리를 쉽게 쉽게 처리하듯 하다니! 누구는 그걸로 삶의 하루하루가 달려있는데! 이걸 고안해낸 사람의 얼굴을 한 번 보고 싶었다, 그가 생각을 제대로 하는 사람인지 싶은 생각에…… 기가 막혀 화가 뻗칠 대로 뻗쳐있는 나한테 우리 아빠나 엄마나 다 매한가지였다. 기기가 그렇게 나오니 내가 적응해야지 별수 있느냐는…….

엄마와 아빠는 훨씬 나중에 노년으로 청력이 약해지기 전까지, 나더러 보청기를 했으면 기기가 내가 못 듣는 범위를 보완해서 듣게 해주니 정상 청력만큼 들어야 된다고 억지를 부리고, 같이 앉아서 TV를 봐도 저게 잘 안 들리느냐며 세상 다 끝난 것처럼 탄식을 하곤 했었다(기기라는 것은 분명 한계가 있기 마련인데, 예를 들어 정상 청력에 비해 30%밖에 못 듣는 걸 60~70%까지 들을 수 있게 기기가 3, 40%를 도와준다는 얘기다. 이걸 엄마나 아빠가 모르진 않았다). 특히나 엄마는 의지가 너무 강해서 그런 식으로 하면 안 된다는 병원 의사 말도 별 소용이 없었고, 특히나 어렸던 초등학생 때는 구화에, 싫어하는 내 손바닥을 강제로 끌어다 자기 입 앞에 대가면서 입 바람까지 다 동원해 말소리를 분별해서 알아듣기를 바랬다. 나이 서른 넘어서까지 나한테 별 소용없는 구화에 자꾸 치중하는 엄마나 아빠한테 어느 날 내가 그랬었다. 그렇게 구화를 해서 말하는 걸 다 알아맞히길 원하면 엄마 아빠가 TV 소리 하나 안 나게 볼륨을 끄고서 뉴스의 아나운서나 쇼 진행자 입모양만 보고 무슨 얘긴지 종이에 다 받아 적어보라고. 그 뒤로 구화소리가 더는 안 나왔다. TV 소리를 조금 더 크게 해주는 걸 배려를 못 받았던 나는 못 들은 부분을 자막으로 나온 내용을 참고하고 나중에 인터넷이나 신문을 읽으며 보충하기도 했다. 자기들 듣는 소리를 내가 못 듣는 걸로 탄식하는 걸 보는 게 마음이 더 눌리기만 했기에……. 뭐, 나름대로 이유가 있었다면 내가 불편한 걸로 밖에서 남에게 배려를 요구하는 걸 당연하게 생각할까 봐서다. 이 또한 나로서는 지금 돌이켜봐도 이렇게 하나, 저렇게 하나 어느 것 하나 서로 간에 만족스럽게 채워지는 건 없다고 본다. 항상 보충해야 될 숙제는 남게 마련이다. 그랬던 엄마 아빠가 당신들이 노년이 돼서 청력이 약해지고 나니 나한테는 허용하지 않아서 내가 의지적으로 넘어서기를 바랬던 범위를 훨씬 넘어선 소리로 TV를 보신다. 나는 엄마 아빠의 노년이 되고서야 같이 편안하게 알아들으면서 볼 수 있게 됐다. 이렇게 웃픈 일은 내 삶을 쥐락펴락하면서 잊을 만하면 생기는 것 같다. 가족이어서 말 안 해도, 겪지 않아도 알 것 같은데 사실 그게 아닌 경우가 많다.

예전에 다니던 직장에서 알았던 한 지인은 농아인이었는데, 보통 가족 중에 농아인이 있으면 그 가족이 수화를 익혀서 능숙하게 대화를 할 거라 생각한다. 가족이니까, 으레히 그럴 거라 생각한다. 나도 그랬다. 수화로 이런저런 얘길 나누다가 자연스럽게 가족 얘기가 나왔다. 그래서 물었던 적이 있었다.

"아빠랑 얘기 잘 나눠?"

"어, 가끔 아빠랑 둘이 있을 때면."

"수화로?"

"아니, 아빤 수화 몰라."

"어? 그럼 어떻게? 필담으로?"

"아니, 그냥 해. 그냥……얼굴 보면서 그냥, ……해."

"얘기가 돼? 아빠가 왜 수화를 몰라?"

"몰라, 아빠가 별로 좋아 안 해. 그냥, 얼굴 보고 입 보고 그럭저럭 얘기해."

뜻밖의 또 다른 가족의 모습을 그 지인을 통해 알게 됐을 때, 그 속에 갈수록 커져 가는 꼬인 실뭉치가 있을 것만 같은 건 왜일까? 엄마는 그래도 아주 간단한 정도는 한다며 벙긋 웃어 보였던 얼굴에서 별로 더는 얘기하고 싶지 않아 해 얼른 다른 얘길 꺼내며 화제를 돌렸지만 뭐라 표현하기 어려운 모호함이 한동안 내 머릿속을 떠나지 않았었다. 그 가족은 그렇게 하는 걸로 성인이 다 된 농아인 아들에게 뭘 말하고 싶었던 걸까? 아빠와 아들. 남자들 간의 묵직한 정서가 오고 갔을 테지만 글쎄…… 그는 아들로 가족에게서 채워져야 할 정서가 채워졌을까? 정말 깊은 고민이 있을 때도 속 시원히 털어놨을까? 모르겠다, 정말. 이해도, 납득하기도 어려운 삶의 모습들이 많아 마치 길고 긴 개미행렬처럼 이어지는 것 같다.

 새로 한 보청기 때문에 힘들어도 오로지 나만 겪는 내 문제인 거다. 다행히 나중엔 그걸로 말이 많았는지 디지털 성격의 아날로그식 보청기로 내가 익숙했던 방식이 다시 나와 지금까지 안정되게 잘 쓰고 있다. 한 가지 두고두고 아쉬운 점은, 내가 쓰는 건 귀걸이식으로 기기를 귓등에 걸치는 식이다. 시간이 지나면서 은근한 기대를 했던 것은 기기가 좀 기술이 좋아져서 가늘어졌으면 했는데 내 청력이 좋은 편이 못 돼서 나는 최근에 나오는, 가벼워 보이고 얄팍한 멋쟁이 모양은 못 한단다. 보청기도 청력에 따라 다른데, 그중 어릴 적부터 해왔던 구식 모양의 두꺼운 귀걸이형을 거의 30년이 넘게 계속하고 있다(귀속형 작은 보청기를 학창 시절 때 잠깐 하고, 후에 5년 넘게 또 했었는데 잘 못 들었다). 보청기사 사람이 달라진 점이 있다며 눈을 반짝였던 건, 하단의 끄고 켜는 부분을 없앰으로써 길이를 한, 0.3cm 줄인 거다. 나로선 별 큰 차이를 못 느껴서 그게 그거라고 하자 그 사람은 이것만도 어딘데 그러냐며 펄떡거렸다. 참 이해하기 힘들었다. 제작자가 자기가 그걸

쓴다면 그렇게 안 만들었을 거란 생각을 나로선 안 할 수 없었기에 이런 상황과 마주할 때면 한계를 긋는 인색함에 그저 아쉽기만 하다. 급속도로 세계화가 되어 있는 지금 전에는 생각지도 못한 편리한 보장구들이 많이 나와 원하면 해외에서도 얼마든지 구입할 수 있지만, 보통 국내에 보급되어 AS도 받을 수 있는, 병원에서 추천하는 기기를 이용하는 편인 중증 장애인들의 보장구에는 미치지 못한 신식 기술력에 아쉬움을 전한다. 질 좋은 보장구를 잘 만들어내는 업체를 지원해주는 제도가 자리 잡혀서 다양한 장애인 당사자들의 필요를 담아 더 좋게 생산해내면 좋겠다. 많이 불편할수록 센 힘을 가진 얇고 가벼운 기기를 기술 좋게 써서 전동, 수동 휠체어도, 보청기도, 조금이라도 시력이 살아있는 시각장애인 안경도 좋아져서 장애로 인한 심리적인 무게가 덜어지면 좋겠다. 장애인도 보장구를 가볍고 예쁘고 세련된 거 하고 싶은 건 당연하다.

'아, 이 정도 이렇게 보완된 것만 해도 어딘데 그래~'

'보장구를 가지고 무슨 멋까지! 참내~'

장애인의 미적 감각을 즐기고 싶은 마음에 인색한 사람이 비장애인에게는 열성을 다하는 이중적인 모습을 보일 때도 있다. 그런 사람은 자신의 미래 또한 이중적이고 '무슨!' 했던 그 정도로만 족하게 될 것이다. 그렇지만 장애인이 생각지도 못한 멋지고 예쁜, 가볍고 훨씬 질 좋은 보장구를 함으로써 너무나 즐겁고 기쁘게 사는 모습을 기대하고 보장구를 제작하는 사람은 그의 미래도 지금

보다 훨씬 즐겁고 보람된 인생이 되리라 본다. 왜냐하면 그가 그런 마음을 갖고 대했던 보장구로 많은 장애인들이 편리함과 즐거움을 누리며 살고, 자신이 질병과 노환으로 거동이 불편한 노인이 되거나 갑작스런 불의의 사고로 장애인이 됐을 때 그 자신이 노력한 결실을 그도 누리게 될 것이기에.

보통 사람들이 내 말을 알아듣지만 대체로 나는 말이 어눌한 편이다. 초등학생, 중학생일 때 무척 궁금했었다, 어떻게 사람들이 내가 전화 받으면 단번에 나란 걸 알까 싶어, 내가 '여보세요' 하고 받았을 때와 그냥 '네' 했을 때 확연히 달랐다. '여보세요' 하면 '어머, 희수구나? 잘 지냈어?' 하고, '네' 하면 엄마가 바로 받은 줄 알고 용건이 바로 이어졌다. 몇 번 이런 경우가 반복되어서 어느 날은 어떻게 할까 생각을 하다 내가 말하는 걸 녹음해보게 됐다. 그냥 짤막한 두, 세 줄의 광고지를 소리 내서 읽었다. 오디오의 재생 버튼을 누르니 평소 내가 말하면서 들었던 내 음성과는 다른 소리가 들렸다. 그건 코맹맹이 비슷한, 소리가 시원하게 뚫고 나가지 못하고 막힌 곳에서 웅~ 울리다가 새어나가는 소리 같았다. '아, 이래서, 그렇구나……' 내 귀가 정상적으로 열려있지가 않아 그것이 내 어눌한 말의 요인이 되었던 거다. 나 스스로가 마주했던 '내 소리'에 그냥 그렇구나 덤덤하게 받아들이는 것뿐이었다.

대개 어릴 때 약했다가 사춘기가 찾아오는 2차 성장기 때 훨씬 나아지기도, 퇴행하기도 하는데 사람마다 개인차가 있다. 나의 경우, 약한 내가 2차 성장기 때 나도 같이 노력한다면, 어쩌면 지금보다 더 좋아질 수도 있겠다는 의사의 얘기가 있었기에 엄마 아빠는 기대했었다. 학교 체육 시간에 운동을 열심히 해야 한다는 등 몸을 자꾸 움직여서 뭐든 열심히 하라며 잔소리 아닌 잔소리를 하기도 했었다. 우리 엄마 아빠한테 '어쩌면!' '잘하면!' 싶은 마음이 얼마나 많았을까 싶다. 그렇지만 나는 매 순간 체력의 한계에 부딪히는 버거움을 잘 이겨내지 못했고, 그걸 넘어서려는 끈기도 부족했다. 모든 것이 늦고, 남들에 비해 몇 배의 노력을 해야 겨우 반이라도 따라갈 수 있는 아이가 돼서 엄마 아빠로 하여금 두 딸들에 이은 익숙한 연장이 아닌 모든 것을 처음 겪거나 뭔가를 거듭 더해야 하는 순간으로 반복 돌려놨다. 그렇게 애쓰고 기대를 하며 힘들게 키운 것에 비해 내게 바라는 건 오로지 더는 아프지 않고 내 마음이 편안하고, 내가 좋아하는 일을 하면서 행복하길 바라는 그것뿐이다. 부모 마음에 할 수만 있다면, 가능하다면, 좀 더 잘 되고, 좀 더 좋은 길로 들어서길 왜 안 바랐겠는가! 그렇지만 어느 순간 '그래, 이만큼이구나.' 하는 종착점에 다다른 것을 체감하게 됐을 때, 애쓴 만큼의 결실이 아니더라도 아쉬움은 많지만, 더는 나를 탓하지 않으려는 마음을 나는 온전히 느낄 수 있었다. 그동안 포기하지 않았던 사랑이, 그 힘이 나를 있게 했기에.

"야~ 그래도 네가 그때 비하면 너 용 된 거야. 누가 네가 지금 이렇게 버젓이 혼자 힘으로 먹고 살 줄 생각이나 했겠냐?"

세상의 장애 아이를 키우는 부모들이 다 그런 것 같다. 약한 자식 포기 않고 키우느라 곱절로 고생한 건 뒷전이고, 그저 애써 키운 자식이 제 앞길 잘 가길, 사회가, 복지제도가 어제보단 오늘, 오늘보단 내일 더 나아져서 장애로 몸이 힘든 내 자식이 소외되거나 낙오되지 않고 부디 제도적으로 잘 보호를 받으며 사회의 한 일원으로 잘 녹아들어 살아가기만을 바란다. 세상은 본래 하나님이 창조하신, 하나님의 것이기에 하나님의 방법으로 변화시키신다. 강한 자들만 존재하는 세상은 변화될 수 없고 더 악랄해져 간다. 그 누구보다 내가 더 가지고 더 강해지기 위해 약탈하고 살인도 서슴지 않는다. 또한 이를 악물고 내 것을 지키기 위해 스스로가 고립돼 고독해져 간다. 그렇지만 강한 자를 부끄럽게 하기 위해 약한 자를 세상에 보내신 하나님의 방법은 전혀 다르다. 약한 자의 열심히 살려는 모습을 보며 자살하려던 사람의 마음을 고쳐먹게 하시고, 그가 살아갈 수 있게 세상으로 하여금 변화되게 하시고, 자기만 알던 사람들이 마음을 나누고 서로 의지하여 돌보며 살아가게 하신다. 주먹을 쓰던 이의 두 손을 부드럽게 펴게 하시고, 부자들의 마음을 움직여 세상을 변화시키는 선하고 좋은 일에 그들의 지갑을 열게 하신다. 이 모든 것은 인간이 하나님을 향해 시선을 돌리고 그의 음성에 마음의 귀를 기울일 때 하나하나 일어나고, 때론 하나님의 강권적인 역사하심으로 채워진다. 우리 엄마와 아빠가 하나님께 대한 신앙심이 부족해서 하나님을 갈망하는 삶의 자세가 없었던 것에 아쉬움이 많았지만, 체력도 의지도 다 꺾이고 약해진 노년에 그래도 몸이 심하게 아플 때면 찾는 분이 하나님이라는 것에 다행스러워 감사하고 있다. 더도 말고 덜도 말고 나는 우리 엄마 아빠가 예수님의 십자가 공로를 의지해 하나님께 나아가는 축복이 있기를 간절히 기도하고 있다.

*

좀처럼 물러날 것 같지 않던 코로나 바이러스가 전 세계적으로 수많은 사상자를 내면서 기승을 부리다 3년 만에 종지부를 찍은 지 상당한 나날이 지나고 있다. 가끔 필요하면 마스크를 쓰기도 하지만, 코로나 때문이 아닌 각자 필요에 따라 자연스럽게 쓰는 거니 예전처럼 경계할 일은 없다. 우리 엄마는 다른 무엇보다 심리적 안정을 최우선으로 삼는 아빠의 노력으로 현재 완전 적응상태로 실버타운에서 잘 지내고 계신다. 그 흐름을 거스르지 않도록 서로가 주의하면서 지내고 있다. 초기에 엄마에게 딱 맞는 용량의 약이 정해지기까지 가끔 엄마 얼굴이 많이 힘들어 보여 안쓰럽기도 했었는데 이젠 그럴 일도 없어서 생생한 얼굴에 안심이 된다. 안정적인 엄마의 얼굴은 참 좋은데 치매로 인한 기억력은 점차 더 쇠퇴해져 가는 것 같다. 매주 꼬박꼬박 찾아오는 내게는 한 번도 그런 적이 없었는데 가끔 오는 사위들을 향해서는 눈살을 찌푸리고 한참 얼굴을 살피며 '누군데……!!' 하는 눈으로 본다고 한다. 어쩌다 병원 진료로 인해 힘든 몸 좀 쉬느라 며칠을 못 들여다봤던 남편을 향해서도 바로 못 알아보더라는 얘길 아빠는 섭섭해하면서 걱정스럽게 했다. 그런가 하면 몇 달 만에 한 번씩 부산에서 우리 엄마랑 아빠 보러 이모부랑 같이 오는 막내이모가 자기 동생인 건 알아본다고 한다. 어떻게 알까 싶지만 아마도 자매들끼리 통하는 특유의, 그들만이 자아내는 익숙한 분위기가 있지 않을까 싶다. 내 언니들이나 나나 누가 먼저든지 치매가 와도 엄마랑 막내 이모처럼 서로 알아볼까? 글쎄, 잘 모르겠다. 1, 2년 전만 해도 여기저기 다니시는데 크게 불편하지 않았을 때 아빠는 고모를 만나러 가기도 하셨는데, 고모가 치매가 와서 동생인 아빠를 못 알아보시더란 얘기가 있었다. 그 얘길 하는 아빠 얼굴은 무거웠다. 범위가 눈에 띄게 좁아진 엄마 기억의 테두리 안에는 과연 몇이나 존재할까? 엄마는 눈 감는 마지막까지 날 알아볼까? 그렇게나 날 밀어내고 내 속에서까지 당신의 존재마저 지우려 들었었는데…….

"내 딸 희수다."

엄마가 그렇게 말하더라고 간병인이 전했다. 지난 늦봄이었던가, 잠시 거리두기 완화로 편안한 만남이 오고 가던 중이었다. 엄마의 안정을 위해 몇 번을 카페에서 아빠만 만나고 돌아갔던 적이 있었는데, 한 번은 화창했던 어느 주말, 실버타운 카페로 향하는 나를 엄마가 봤다는 얘기다. 그리고 곧이어 간병인의 부축을 받으며 보조기를 붙잡고 카페로 들어선 엄마는 나를 보고는 활짝 웃었다. 그 순간의 엄마 얼굴은 아마 내가 죽는 순간까지 잊지 못하고 생생히 기억할 것 같다. 때깔 고운 마늘쪽 같은 말간 얼굴로 나를 향해 웃는 두 눈은 '그냥 내 딸' 그대로 보는 것뿐이었다. 다른 어떤 불순물이 끼어들 여지가 없는, 그저 자기 딸이 와서 반갑고 좋은 거다.

예전의 나를 보는 엄마는 대체로 뭔가 문제거리 가득한 눈으로 쟤는 참……, 쟤가 저래가지고……, 왜 저렇게……, 그렇게 가르쳐도 왜…… 이거나 아니면 그래, 저 정도 온 것만도 장하지, 저도 얼마나 힘들었겠어…… 하는 듯 체념 섞인 칭찬인지 위로인지 모를 뜻을 담고 보는 게 보통이었다. 그런가 하면 언제 한 번은 친정집에 잠깐 들른 둘째 딸을 시켜 대학병원 정신과에 데리고 가게도 했지만, 멀쩡한 애를 왜 데리고 왔냐는 의사의 말을 돌아온 딸한테 들어야 했던 일도 있었다. 그때의 내 나이 20대 중반이었던 것 같다. 아무렇지 않게 돌아온 나는 내가 엄마 말대로 되지 않는 게 혹시 자기가 모르는 정신병이 있어서 그런 게 아닌가 하는 생각에 정신과까지 보냈나 싶어 엄마를 그냥 멀뚱하니 쳐다만 봤었던 기억이 생생하다. 엄마는 나에 대해 생각하면 할수록 불안했었나 보다, 정신과까지 보냈던 걸 보니……. 지나간 엄마의 모습들을 돌이켜 보면 참 어이없기도, 슬프기도, 화나기도, 힘들기도 하면서 웃기기까지 하지만, 지금은 그저 큰 웅덩이인 줄만 알았던 검은 그 무엇이 멀찌감치 떨어져 보니 작은 점에 불과하다는 걸 본다. 그저 우리 엄마도 엄마 앞에 놓인 인생을 살아내기 위해 발버둥치고, 고군분투했던 거였다. 약한 나를 할 수 있는 최선을 다해 키웠다, 우리 엄마는. 단지 좀 더 온전하길 바랬던 욕심이 있었던 것뿐이다. 엄마가 신앙인으로 하나님께 매달리고, 마음에 쏙 들지 않는 약한 막내딸에 대해 하나님께 왜 나한테 이런 딸을 주셨느냐, 무슨 뜻이 있느냐, 어떻게 해야 하느냐고 물으며 끝내 하나님의 응답하심을 받으며 하나님을 가까이했다면 엄마의 삶은 어땠을까? 그럼에도 불구하고 이전 삶이 그대로 이어졌을까? 나는 그렇지 않았을 거라 본다. 살아갈수록 하나님께 위로 받고 힘을 받아 진정으로 하나님을 신뢰하는 삶이 어떤 건지 맛보며 살았으리라. 그럼으로써 내가 엄마로부터 상처받는 일도 훨씬 줄었으리라. 하나님은 하나님을 의지하는 믿음이 안 된 엄마에게 인생 말년에 치매가 오게 함으로써 팽팽하게 붙들고 당겨왔던 자기의지의 질긴 줄을 놓게 하시고, 모든 일상의 의무에서 놓여나는 자유가 있게 하셨다. 사람의 관점에서 볼 때의 치매는 두 가지 의미를 가지는 것 같다. 이전의 관계를 더는 기대하고 유지하기 어렵다고 보는 점이고, 또 하나는 하늘나라 가기 전, 그 사람 안에 담겨있던 세상이 '툭' 내려놔지는 것이다. 반면 하나님의 관점에서는 은혜다. 인간의 모든 감성과 사고를 한 번에 잠잠하게 덮는 거다, 부드러운 담요 덮듯. 서로 간에 악

랄한 원수지간이었든, 사랑과 애정을 주고받았던 관계든 상관없이……. 나는 그 은혜 덕에 엄마의 벌어진 틈새로 비집고 들어갈 수 있었고, 엄마로 인한 상처가 아물어질 수 있었다. 하나님은 은혜로 엄마와 나를 부드럽게 덮으시고 품어 안아주셨다.

'엄마, 있지, 얼마 전에 아빠 방에 있던 우리 어렸을 적 사진 앨범을 들춰본 일이 있었어. 근데 거기 나온 우리 엄마랑 아빠가 너무 예쁘고 고상하고 멋져 보였어. 왠지 모르겠지만 언니들이나 나는 눈에 안 들어오고 엄마랑 아빠만 보였던 거 있지? 한 장, 한 장, 또 한 장…… 넘길수록 앨범 속 젊은 엄마 아빠만 쏙 빼내서 살아서 앨범을 넘기고 있는 지금 내 옆에 있게 하고 싶었어. 만약에 내 원대로 됐으면, 아주 잠깐이라도 됐으면 나는 뭘, 어떻게 했을까? 글쎄, 나는 그 잠깐이란 시간이 아까운 것도 잊고 멍하니 쳐다만 봤을 것 같아. 그리고는 복받치는 감정에 어쩔 줄 몰라 고인 눈물을 주르륵 흘렸겠지. 근데, 엄마, 이렇게 다시 보니 엄마 참 예뻤네? 우리 아빠는 되게 멋있고……. 내가 너무 고생시켜서 많이 미안해. 나 끝까지 포기하지 않아서 고마워. 엄마 아빠가 인생 다 걸고 키운 그 사랑이 있었기에 지금 내가 있어. 별소리 다한다고? 나 포기할 것 같았으면 그때 낳지도 않았다고? 익숙한 아빠 목소리가 들리는 것 같아.

"알 건 다 아네."

나는 젊었을 적 예쁜 엄마를 보니 드는 생각이 있었어. 내가 좀 건강하고, 말 잘 듣고, 공부도 잘했으면 우리 엄마 이렇게 예쁜 모습이 더 유지됐을까? 엄마가 즐거운 얼굴로 날 자랑하고 다녔을까 하는 생각? 그리고 그런 엄마를 보며 나도 행복했을까? 그걸로 만족했을까? 잘 모르겠어. 언제 한 번은 곰곰이 생각해 본 적 있었는데 사람이란 존재는 숨이 끊어지는 순간까지 끊임없는 욕구로 가득 차 있는 존재더라고. 이거 하나 해결되면 다른 거 원하는 거 없을 것 같은데 시간이 지나면서 또 생기고 또 생겨. 있는 걸로 족할 줄 모르는 게 인간이야. 결론은 하나님 품에 안기는 순간이 제일 행복하고 원하는 거 다 이룬 순간인 거야. 나는 내 온 존재가 기억하는 하나님의 음성을 날마다 들으며 감격하며 살고 싶어. 하나님만 내 가까이에 계시면 안심하고 살 수 있을 것 같아. 그분이 나를 나보다도 더 나를 잘 아시니까. 하나님 없는 인생은 답이 없어. 돈이 많으면 행복할까? 장애 아이를 버리고 건강하고 똑똑한 애만 키우면 행복할까? 그리고 그 아이도 마냥 행복할까? 남보다 돈도 많고 막강한 권력도 갖고 있으면 행복할까? 그건 힘만 겨룰 뿐이지 행복한 건 아니잖아. 그저 인간끼리 서로에게 던지는 어떤 이상적인 것일 뿐. 익숙한 옛 속담대로 사돈이 땅을 사면 배가 아프다는 식으로 남이 잘 되는 꼴을 못 보고 어딘가 쥐꼬리만 한 허점이라도 찾아내기 바빠. 정말 어디까지 치달을 줄 모르는 인간의 죄성은 끝이 안 보이는 것 같아. 그래서 이런 세상을 살면서 엄마도 나도 많이 힘들었잖아. 나는 앞으로 편안하고 단순하게 생각하면서 살 것 같아. 남들이 말하는 어떤 이상적인 걸 좇는 거 말고 내 마음이 안정적이고 기쁘고 행복해지게 하면서 살고 싶어. 나이가 들면서 몸이 더 힘들어졌지만 그래도 괜찮아. 내 안에 성령께서 같이 계시니 힘든 내 마음에 지혜를 주시고 도와주실 거야. 나를 행복하게 해줄 힘이 나한테 있고, 앞으로 내가 포기하지만 않으면 천천히 이룰 수 있는 것들도 찾아보면 많이 있어. 예전에 비해 집에 머무는 시간이 더 길어진 만큼 혼자 즐길 수 있는 것들이 많아서 오히려 더 좋은 것 같아. 열심히 내 삶을 살아가다 보면 어느 날 하나님이 나도 불러주실 날이 올 거야. 하나님이 항상 많이 궁금하고 그리워. 그리고 그 옛날, 결정적인 순간에 중요한 선택을 했던 아빠의 그 마음을 하나님이 잊지 않고 계실 거야. 생명을 택함으로써 나도 엄마도 살려서 우리 가족을 지켜낸 걸 말이야. 아빠를 축복해 주시고 긍휼히 여기셔서 그동안 하나님을 열심을 다해 믿지 않았던 거 용서해 달라고 내가 생각날 때마다 기도하고 있어. 나는 하나님이 훨씬 전부터 우리 가족을 눈동자와 같이 지켜보고 계셨으리라 믿어. 나는 그렇게 믿을 거야. 내가 나중에 그리운 하나님한테 가게 되면 그 넓으신 품에 나를 꼭 안아주셨으면 좋겠어. 그때 만나게 될 엄마와 아빠는 10대의 어린아이의 모습으로 있을까? 어떻게 알아보겠냐고? 걱정 마. 성령께서 다 알게 해주신대. 하나님의 영광으로 가득한 하늘나라는 평안과 기쁨과 행복만 있을 거야. 기대해도 돼.

엄마 고마워. 많이 사랑해. 근데, 엄마, 엄마 보내는 거는 생각조차 할 수 없어. 그러니까 아직 가지 마. 알았지? 사랑하는 아빠랑 나랑 조금만, 조금만 더 같이 있어줘. 알았지?'